Sans Rimes ni Raison

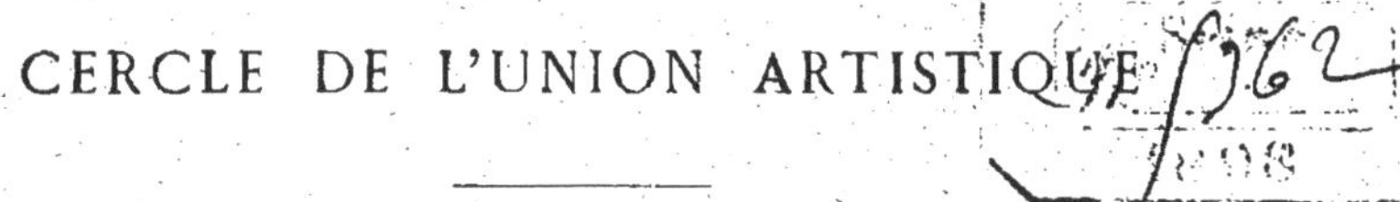

FANTAISIE EN VERS LIBRES, EN TROIS TABLEAUX

PAR

MM. GEORGES RIVOLLET, GASTON [illegible]

ALBERT DE BERTIER

MEMBRES DU CERCLE

Représentée à Paris, sur le Théâtre du [illegible] 10 Juin 1898

PARIS

ALPHONSE LEMERRE, ÉDITEUR

23-31, PASSAGE CHOISEUL, 23-31

M DCCC XCVIII

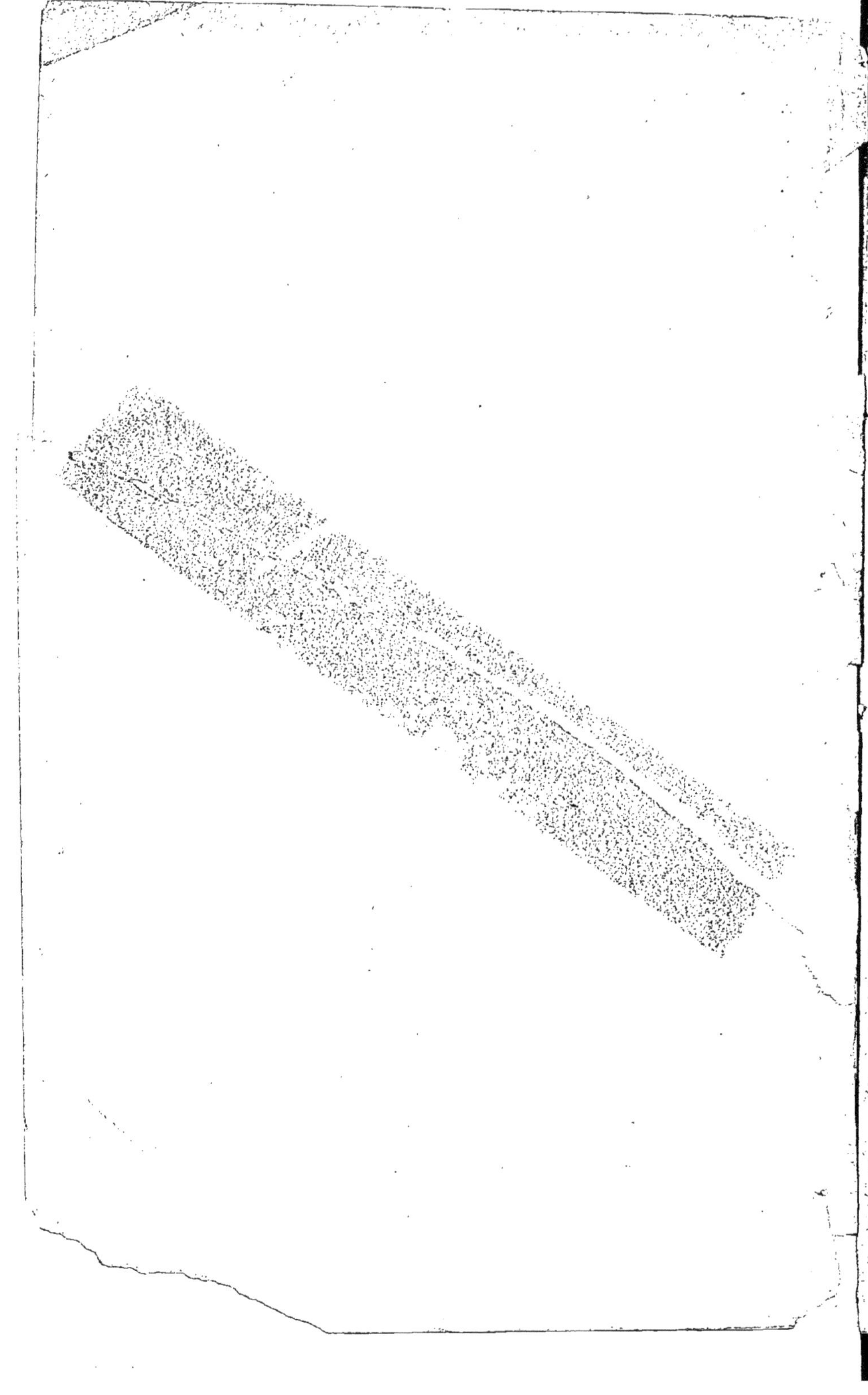

Sans Rimes ni Raison

FANTAISIE EN VERS LIBRES, EN TROIS TABLEAUX

Sans Rimes ni Raison

FANTAISIE EN VERS LIBRES, EN TROIS TABLEAUX

PAR

MM. GEORGES RIVOLLET, GASTON JOLLIVET

ALBERT DE BERTIER

MEMBRES DU CERCLE

Représentée à Paris, sur le Théâtre du Cercle de l'Union Artistique, le 10 Juin 1898

PARIS

ALPHONSE LEMERRE, ÉDITEUR

23-31, PASSAGE CHOISEUL, 23-31

M DCCC XCVIII

A

NOS CHARMANTES SPECTATRICES

PERSONNAGES :

<table>
<tr><td>

	Mlles
Phœbé	} DU MINIL.
Une Carpe du Léthé.	
Elle.	MILY-MEYER.
Une Princesse.	} STARCK.
L'Amante.	
Hélène	DEMARSY.
Omphale	MÉDAL.
L'Intéressante malade.	} J. PETIT.
La Féministe.	
Rose.	} M. LAVIGNE.
Première Dame. . . .	
Deuxième Dame . . .	GARRICK.
	MAZARIN.
	TRUCK.
	HATTO.
Ombres heureuses . .	TELMAT.
Carpes du Léthé . . .	R. DE LA GESSE.
Danseuses.	CAUX.
	NEUBERGER.
	TOUCHARD.
	GARRICK.

</td><td>

	MM.
Don Juan.	J. TRUFFIER.
Virgile	} NOBLET.
Un Monsieur.	
Dante.	GALIPAUX.
L'Amant	DEHELLY.
L'Époux.	} H. MARTELL,
Esculape.	Membre du Cercle.
Un membre du Cercle.	
Le Bœuf	SÉVERIN.
Le Cochon.	REIGERS.
Le Cheval de Fiacre. .	ANDRIEUX.
	HOLZEM.
	SÉVERIN.
	REIGERS.
	ANDRIEUX.
Psychologues.	BÉCHARD.
Buveurs.	BUREL.
Animaux.	RIDDEZ.
Raseurs.	ROTHIER.
Danseurs.	LAFFITTE.
	ROBIN.
	REVEL.
	FAURENS.
	GATIMEL.

</td></tr>
</table>

Orchestre sous la direction de M. DOMERGUE.

Décors de M. MÉNESSIER. — *Costumes de* MM. J. DOUCET *et* CHALAIN.

PHŒBÉ (Mme DU MINIL.)

Sans Rimes ni Raison

PREMIER TABLEAU

.Un boudoir élégant. A gauche, dans le pan coupé, large baie vitrée donnant sur un parc éclairé par la lune. Au milieu, au fond, porte à deux battants. A droite, petite porte. Chaises, canapé, une petite table. Au lever du rideau, la scène est entièrement obscure. La baie vitrée est ouverte; et, dans le ciel, au travers des feuillages, on voit Phœbé, à demi-couchée sur son croissant d'argent.

SCÈNE PREMIÈRE

PHŒBÉ, *dans les airs.*

Air du *Sphinx.* (G. Fragerolle.)

C'est la nuit, c'est l'heure exquise
    Où la brise
Vient bercer les orangers,

Où je verse ma poussière
De lumière
Sur les feuillages légers.

Oui, c'est moi, Phœbé la blonde ;
Sur le monde
Je me penche à l'horizon,
Je me mire en l'eau qui chante,
Et j'argente
D'un sourire le gazon.

Et parfois baissant mes voiles,
Des étoiles,
Comme au temps d'Endymion,
Je m'évade avec mystère ;
Et sur terre
Je descends dans un rayon.

Pendant le dernier couplet, Phœbé est descendue sur la scène, toujours obscure.

Mesdames et Messieurs, c'est moi : je suis la Lune.
Essuyez, c'est l'occasion,
Vos jumelles Flammarion ;
Me voir à quelques pas n'est point chose commune,
J'en vaux la peine cependant.
Lorgnez, Messieurs de l'Épatant...
Détaillez un peu ma tournure,
Et ne raillez plus les petits enfants
Qui rêvent d'attraper la lune avec leurs dents :
Il y aurait de quoi, je vous jure !

Changeant de ton.

Oh ! pardon ! Je crains fort d'avoir mal débuté !

Ce ton est un peu vif, n'est-ce pas ? Je le quitte ;
    Les dames croiraient qu'on joue *Aphrodite,*
        Ce soir, malgré le Comité.
Non, ce n'est plus Vénus libertine et profane !
Rassurez-vous : je suis la très chaste Diane...
Oh ! je sais que sur moi l'on a fait des potins ;
      Mais c'est là de l'ancienne histoire,
      Et maintenant il est notoire
Que — si j'en eus jamais — mes volcans sont éteints :
      Demandez à l'Observatoire !

    Avec un peu de mystère.

      Pourtant, je dois faire un aveu :
Quelquefois, par les nuits à celle-ci pareilles,
      Lorsque le ciel est presque bleu,
Quand les étoiles sont comme un semis d'abeilles
      Dont les ailes seraient en feu,
Sur les vagues de l'air, quand, solitaire et lente,
      Je passe en mon char argenté,
Je me sens envahir par la langueur troublante
      Qui flotte dans les nuits d'été...
      Alors seule, et célibataire,
        Je me penche vers la terre
        A l'heure où tout semble aimer ;
Je me dis qu'il doit se passer des choses
Curieuses, sous les fenêtres closes
      Que je vois au loin s'allumer...
        Et dame ! cela me tente
        De faire un peu... la voyante.
Ici même, tenez... ce soir... en ce logis,

Ici, sans tambour ni fanfare,
Savez-vous ce qui se prépare?
C'est raide à dire... mais tant pis :
A l'instant même, entrent dans cette chambre
Deux jeunes mariés... qui le sont d'aujourd'hui.

Orchestre.

Écoutez! le chœur les reconduit.
Elle est toute petite et blonde comme l'ambre...

CHŒUR DANS LA COULISSE.

Air du *roi d'Ys.*

Bonsoir à l'époux comme à l'épousée,
On vous a conduits au bout du chemin;
Fermez votre porte et votre croisée :
Bonsoir, heureux couple, — à demain!

PHOEBÉ.

Le chœur s'en va... Montons vite dans ces tilleuls...

On entend une fenêtre se fermer.

Monsieur vient de fermer sa fenêtre! — « Enfin seuls! »

Elle va disparaître dans les feuillages. Avant de disparaître, au public.

Foi de Lune, les nuits de noces,
Pour le piquant et pour l'émotion
De la situation,
Cela vaut presque « les Deux Gosses! »

SCÈNE II

ELLE, *puis* L'ÉPOUX, *dans la coulisse.*

ELLE, *sortant précipitamment de la chambre nuptiale*
et refermant la porte sur elle.

Non, monsieur! Non, monsieur! Non! Tout, excepté ça!
En voilà des manières de pacha!

Elle pousse le verrou.

VOIX DE L'ÉPOUX, *derrière la porte.*

Marguerite!

ELLE.

Non!

VOIX DE L'ÉPOUX.

Revenez... Je transige!

ELLE.

Trop tard!

VOIX DE L'ÉPOUX.

Réfléchissez... la loi l'exige!

ELLE.

La Loi de l'Homme, la voilà!

Criant dans le trou de la serrure.

Oui, Monsieur! J'ai poussé le verrou tutélaire;
Fini, nous deux... Je me retire chez ma mère!

Appuyant éperdument sur une sonnerie électrique.

Rose!

On frappe à la petite porte.

C'est vous?

SCÈNE III

ELLE, ROSE.

ROSE, *discrètement.*

On peut entrer?

A part.

Déjà?

Haut.

Eh bien?

ELLE.

Quoi?

ROSE.

Madame est contente?

ELLE.

Habille-moi, je prends le train de minuit trente...

ROSE.

Allons donc!

ELLE.

Nous serons demain chez mes parents...

ROSE.

Mais monsieur?...

ELLE.

Le dernier des sous-mufles, ma bonne, —
Disons l'avant-dernier, pour n'offenser personne...

ROSE.

Que vous a-t-il donc fait?...

ELLE, *très nerveuse.*

Rien!...

ROSE.

Rien?... Ah! je comprends!

ELLE.

Air de *la Gazette de Hollande.* (J. Offenbach.)

En entrant dans la chambre close,
(J'étais émue en vérité...)
Il dit : « Je vous demande un' chose :
C'est d'fair' un peu l'obscurité. »
Une fois la lampe baissée,
On resta tous deux dans le noir;

Je m' taisais, tout embarrassée,
Lorsqu'en me tournant, je crus voir
Qu'il avait simplifié, ma chère,
Sa tenue à lui, d' tell' façon
Qu'il me rappelait l'Apollon, *(ter)* } *bis.*
Oui, l'Apollon du Belvédère !

Il murmurait : « Otez ce voile,
Phœbé n'en a pas dans les cieux ;
Il me cache la double étoile,
La double étoile de vos yeux.
Faites encore davantage :
Otez la jupe de satin ;
Enlevez surtout ce corsage,
Vous le r'trouverez d'main matin. »
Et je pensais : S'il persévère,
Sur moi — ce ne sera pas long —
Je n'aurai plus qu' le médaillon *(ter)* } *bis.*
Qui contient le portrait d' ma mère !

Il l'avait vu briller, sans doute,
Car il me dit : « En ce moment,
Vous n' sauriez croir' comm' ça... m' déroute
D' contempler les traits d' vot' maman !
Otez-moi vit' cett' miniature,
Elle n'est pas en situation ;
Voir ma bell' mèr', même en peinture,
Ça m' coup'rait toute inspiration. »
— Mais, cett' fois, il m' trouva rebelle,
Et j' répondis résolument :
« Je n' me sépar'rai pas d' maman *(ter)*
Dans cett' circonstanc' solennelle !...

  Très émue.

... Ce qui fait que pour le moment *(ter)*
Tu peux m' dir' encor : « Mad'moiselle ! »

ROSE.

Et puis?

ELLE.

J'ai pris la porte et poussé le verrou...
Et la voilà, ma nuit de noce... Un point, c'est tout!

ROSE, *prêtant l'oreille.*

Il ne bouge pas... c'est étrange.

ELLE.

Il se tient-coi, par dignité...
— Mais, ce qu'il doit être embêté!...

ROSE.

Payons-nous sa tête, mon ange!

*Elle va vers la porte sur la pointe du pied et regarde par le
trou de la serrure.*

Par exemple!...

ELLE.

Quoi?...

ROSE.

             C'est trop fort!
Regardez, madame : — il dort!...

ELLE, *regardant à son tour.*

Il dort!...

Elle redescend, indignée.

ROSE.

Entre nous, ma pauvre petite,
C'est un mari qui dort bien vite !

ELLE, *se dirigeant vers la sortie.*

Mon manteau !...

On entend le bruit d'un train dans l'éloignement.

Bon ! le dernier train !...

Avec rage.

Prisonnière jusqu'à demain !

ROSE, *conciliante.*

Il est un parti que vous pouvez prendre :

Lui montrant la porte de la chambre nuptiale ;

Rentrez par là, soumise et tendre,
Votre médaillon à la main.

ELLE.

Jamais !...

Elle s'assied sur le canapé.

Jusqu'au matin, voilà mon domicile...
— Seulement, vois-tu pas un livre, par ici ? —
Car pour dormir...

Elle se tourne vers la chambre.

Je n'ai pas sommeil, imbécile !

ROSE, *rapportant un livre.*

Je ne trouve que celui-ci...

ELLE (Mlle MILY MEYER)

ELLE.

C'est ?

ROSE, après avoir regardé le titre.

Un très vieil auteur qu'on dit raide : « Boccace! »

ELLE.

Boccace ? Eh bien, merci!
Et pourquoi pas Berquin, de grâce ?
Voyons, mais j'ai lu ça quand j'étais au couvent...
Et puis, vois-tu, ma pauvre Rose,
On en dit d'autres maintenant
Chez Tabarin ou chez Bruant!

Elle repousse le livre.

ROSE, cherchant de nouveau.

Non! Je ne vois pas autre chose...

ELLE.

Bon!... Pas de livre... Alors, un problème se pose :
Que faire ?

ROSE.

Attendez un peu...

Après avoir réfléchi.

On pourrait se tirer les cartes...

ELLE.

Peuh!...

Je connais ça. De nos jours les éphèbes
Conduisent tous leur flirt chez madame de Thèbes.

ROSE.

Non, j'ai mieux! — une idée, un clou...
L'heure est propice et la nuit favorable...
Tout esprit doit, ce soir, courir le guilledou :
— Jouons à faire tourner la table!

ELLE.

Du spiritisme! A nous, Sardou!

Elle se lève.

J'accepte! Je me sens un fluide du diable!

A la table.

Ou je me trompe, ou tu tourneras, acajou!

ROSE.

Moi, je suis médium : c'est tout dire!
Allons, en place, commençons...

Elles s'asseyent.

ELLE.

J'ai déjà de petits frissons...
Voyons, la mode est au premier empire :
Évoquons-nous Napoléon?

ROSE.

Non, ils auraient peur au Palais-Bourbon.

ELLE.

Alors, envolons-nous plus avant dans le rêve...

Tu connais le héros charmant
Qu'au moins une fois, toute fille d'Ève
A vu passer en songe, vaguement?
Don Juan, don Juan! Amant moqueur et tendre,
Que Molière et Mozart ont chanté tour à tour,
Viens me dire ce qu'est l'amour,
Puisqu'on ne sut pas me l'apprendre!

ROSE.

Don Juan, c'est un peu vieux jeu;
Mon type, à moi, c'est don Alphonse!

ELLE, *imposant les mains.*

On t'écoute, bel oiseau bleu.

ROSE.

Es-tu là?

ELLE.

Si c'est toi, frappe un coup pour réponse.

ROSE, *même jeu.*

Rien!

ELLE.

Pas le moindre craquement!

ROSE.

C'est épatant!

ELLE.

C'est épatant!

Air du *Petit Navire.*

Chaqu' fois qu'on joue aux tabl's tournantes, *(bis)*
On n' les voit ja, ja, jamais tourner! *(bis)*

ROSE.

C'est un' p'tit' fêt' pas ruineuse
Qu'on peut offrir après dîner!

ELLE.

Autour d'un' p'tite table ronde,
On fait asseoir ses invités!

ROSE.

Le spiritism', ça plaît aux dames...
Et puis, c'est moins cher que du thé!

ELLE.

Presque toujours un monsieur triche,
« Monsieur, voyons, mais vous poussez! »

ROSE.

L' monsieur, galant, répond : « Madame,
Pardon, j' croyais qu' c'était votr' pied! »

ELLE.

Au bout de cinq à six semaines,
Ça continue à n' pas bouger...

    Le sommeil a gagné peu à peu les deux femmes.

ROSE, *bâillant.*

Et tout l' mond' dit : Charmant' soirée...

ELLE, *même jeu.*

Et tout l' mond' dit : Charmant' soirée...

ROSE.

Nous pourrons la...

ELLE.

La... la...

ROSE.

Recommencer!

Ensemble.

Nous pourrons la...

Elles s'endorment, gardant leur attitude, les mains posées sur la table.

SCÈNE IV

LES MÊMES, PHOEBÉ.

PHOEBÉ, *sur la porte, continue le refrain.*

La.. la recommencer!

Elle redescend.

Elles dorment! Bien! C'est la maison de Morphée!
Ma petite fête est manquée...

A Elle, endormie.

Ainsi, mignonne, en ce moment,
Des tilleuls, où l'oiseau gazouille,

Je descends, grâce à vous, bredouille?
Cela mérite un châtiment...
— A moi, Mab, ô reine des songes!
Berce-les jusqu'au jour blafard,
D'un bon petit cauchemar...
Penche sur leur sommeil ton urne de mensonges!

Elle baisse la lampe.

Vous dormiez? J'en suis fort aise...
Eh bien! rêvez, maintenant!

*Elle se retire. — Une lueur fantastique, — de rêve, pour
ainsi dire, — éclaire la scène.*

SCÈNE V

ELLE, ROSE, *puis* DON JUAN.

ELLE.

Ça bouge!

ROSE.

Ça y est, madame... un revenant...

Ritournelle de la sérénade de Mozart.

ELLE.

Non, c'est lui! C'est don Juan...

On entend une vocalise préparatoire à la cantonade.

ROSE, *se bouchant les oreilles.*

Aïe!

ELLE, *avec extase.*

Son ut dièze!

Elles se lèvent.

DON JUAN, *au dehors.*

Sérénade de *don Juan.* (Mozart.)

Je suis là, ma charmante ;
Oui, c'est don Juan qui chante,
Éternel troubadour...
Les papillons aux roses
Ce soir feront la cour...
O femmes, fleurs mi-closes,
Ouvrez : Je suis l'Amour!

Il paraît à la fenêtre.

ELLE *et* ROSE.

Don Juan!

ELLE.

Vois!... Il est beau comme le jour!

Musique de scène. *Conte d'avril* de Widor.

DON JUAN, *sur le seuil.*

Pourquoi dormez-vous, belles taciturnes ?
Les brises, ce soir, balançent les urnes
Des grands lys aux parfums troublants...
Regardez : la nuit est douce et sereine ;
Phœbé, clémente, argente la plaine,

Le zéphir fait chanter les feuillages tremblants ;
Un conseil d'être heureux monte de la nature,
Et, dans la brise fraîche et pure,
Flotte l'odeur des lilas blancs...
Donc, belles, écoutez la chanson des feuillages ;
Prêtez l'oreille aux doux langages
Que parlent les bois parfumés.
Regardez ! La nuit dans le ciel sans voiles
Met le sourire indulgent des étoiles,
Voici l'heure exquise : — Aimez !

Fin de la musique.

ELLE.

En l'écoutant, que l'on se sent fragile !

DON JUAN, *descendant en scène.*

Et maintenant, sautons à pieds joints dans l'idylle !

A Elle.

C'est vous qui m'appeliez, blondinette à l'œil noir ?
Que voulez-vous ?

ELLE.

Seigneur, je ne suis pas heureuse !

DON JUAN.

Diable ! un récit ! — Dois-je m'asseoir ?

ELLE.

Mon époux me laisse, ce soir,
Dans une solitude affreuse.

DON JUAN.

Ce qu'il faudrait, c'est un consolateur?

ELLE.

Si vous vouliez... Si tu voulais, ô Séducteur,
    Entreprendre un peu ma conquête?

Avec passion.

    Tiens... enlève-moi... je suis prête...

DON JUAN.

    Eh! là... mais vous vous emballez?...
    Don Juan même, ma petite,
    N'enlève pas les gens si vite;
    — Causons d'abord, si vous voulez!

Il s'assied.

En moi, vous pouvez contempler, Mesdames,
    Un Monsieur que trois mille femmes
    Ont authentiquement aimé...

ROSE, *à part.*

Ah! mes enfants, ce qu'il est déplumé!...

DON JUAN.

L'exact nombre est trois mille trente.

ROSE.

Poseur!

DON JUAN.

    Si l'on croit que j'invente,

Il ouvre un livre.

Voici le livre d'or où les noms sont inscrits.
Tenez, j'ouvre au hasard, je lis :
« Numéro trois cent deux. Dona Sol, de Grenade. »
Le mari, Toison d'or; le père, grand Alcade.
Elle me vit passer sur mon cheval, un jour,
Et me suivit, folle d'amour !
— Moi, je l'abandonnai dans une île déserte.

ROSE.

Ah! bien !

DON JUAN.

Je poursuis : « Tartempion (Berthe). »
Ceci, c'est un peu plus bourgeois;
La femme d'un marchand de moutarde, je crois.
Très jalouse. — C'était chaque jour une scène. —
Elle fut, par bonheur, se noyer dans la Seine.

ELLE.

Quel homme !

DON JUAN.

En voulez-vous encor ?
Au deux cent un, l'épouse d'un ténor;
J'ai, ce jour-là, vengé les gens du monde.
— Du sept avril, une petite blonde,
A qui je fis, deux jours plus tard,
Donner un prix de vertu par Pingard !...

ROSE.

Voyons les femmes de théâtre...
Cela doit être assez folâtre.

Elle lit par-dessus l'épaule de don Juan.

Grands Dieux! « Mily-Meyer! »
Tiens! tiens!

ELLE, *même jeu.*

« Lavigne! »

Félicitant don Juan.

Eh bien! mon cher...

ROSE, *brusquement.*

Hum! N'en lisons pas davantage!...

DON JUAN.

Pardon! Je dois encor vous montrer une page,
Celle-ci... la dernière du carnet.

ELLE.

Je ne vois rien!

DON JUAN.

C'est là, sur cette page blanche...
— Aura-t-elle des yeux d'or sombre ou de pervenche?
S'appellera-t-elle Anne, ou Suzette, ou Babet?... —
C'est là, sur ce dernier feuillet,
Que bientôt j'écrirai le nom charmant de celle
Qui clora pour jamais la série immortelle!...

ELLE.

Eh! quoi?...

DON JUAN.

Je ne veux plus être aimé qu'une fois.
Oui, je fais cet aveu pénible : — Je me range!
Sans qu'il y paraisse, mon ange,
J'ai trois siècles, — aux petits pois! —
Puis, entre nous, je baisse comme voix...
Et le si-bémol de ma sérénade,
Je ne le donne plus du tout comme autrefois.
Enfin, vrai, j'ai soupé de Cadix, de Grenade,
Du Commandeur et de l'Alcade,
Et des balcons trop humides le soir;
Je sens venir, à plus d'un signe,
La « Douloureuse », autrement dit le chant du cygne...
Et tout ce que je rêve, à présent, c'est d'avoir,
Comme tout le monde, en ville,
Un petit collage tranquille!

ELLE.

C'est bien! Passe-moi ton crayon...

ROSE.

Que faites-vous?...

ELLE.

J'inscris mon nom!...

DON JUAN, *à part.*

Ça y est!

Il remet le carnet dans sa poche et se lève.

Je t'en préviens, je suis très égoïste,
Chez les autres charmant, au logis toujours triste ;
Et tous mes trésors de mauvaise humeur,
Je les gaspillerai sur toi, mon pauvre cœur !

ELLE.

Je boude, quand on me querelle ;
Et ma lèvre est charmante avec un pli boudeur !

DON JUAN.

Puis-je te dire une chose ?...

ELLE.

Laquelle ?...

DON JUAN.

J'aurais, vois-tu, l'horreur d'être lâché...
Oui, je redoute le lâchage...

ELLE.

Pour l'avoir beaucoup pratiqué ?...

DON JUAN.

C'est si doux, quand on prend des douleurs et de l'âge,
D'avoir chez soi quelqu'un d'aimant, — pour l'embêter.

ELLE.

Je sens en moi le démon du collage...
Je suis un pain à cacheter.

DON JUAN.

Je déteste enfin, par-dessus toute chose,

Pour une très intime cause,
Ces femmes, poseuses au fond,
Qu'Éros, soi-disant, sans trève tourmente.

ELLE.

Le sage a dit : « Prenez les hommes comme ils sont. »
Je ne serai pas exigeante!. .

DON JUAN.

Allons, c'est dit! Viens, suis-moi!

ELLE.

Dans les airs ?
As-tu ton char ?... Où sont les chimères ailées
Qui nous vont enlever aux routes étoilées ?

DON JUAN.

Je t'offre mieux!

ELLE.

Quoi donc ?

DON JUAN.

Je t'emmène aux Enfers!...

ELLE.

Aux Enfers ?...

DON JUAN.

Viens, partons pour des Champs Élysées
Autres que ceux où les passants

DON JUAN (M. Truffier)

Ont, par des tramways malfaisants,
Leurs pauvres pattes écrasées !

ELLE.

Où les verts gazons ne sont pas
Attristés de beuglants et de panoramas
Aux architectures osées !...

DON JUAN.

Viens ! Pluton est un bon tyran ;
Et comme on ignore, sous terre,
Le régime parlementaire,
On n'y fait pas trop de boucan !

Minuit sonne.

ELLE.

Minuit ?...

Elle frissonne.

Tiens ! j'ai le trac, à présent, c'est bizarre...
Minuit ! Descendre à cette heure au Tartare...

DON JUAN, *lui présentant un petit manteau.*

Va, mets ta mante, mets...

Tendrement.

Mieux vaut Tartare que jamais !

Ils disparaissent sous la scène, la nuit se fait comme au commencement.

SCÈNE VI

ROSE, PHOEBÉ.

PHOEBÉ.

Bon voyage!... Aux Enfers va-t'en, bonne ingénue,
Rêver la fin de ta nuit saugrenue!

ROSE.

Et moi?... puisque, après tout, je rêve aussi?

PHOEBÉ, *montrant la porte de la chambre nuptiale.*

Va-t'en consoler le mari!...

*Rose passe, comme ahurie, dans la chambre nuptiale. Phœbé
éclate de rire.*

DEUXIEME TABLEAU

Aux Enfers. Les bords du Léthé. Ombrages. Prairies émaillées de fleurs.
Au fond de la scène, à gauche, le fleuve se perdant dans le lointain.
A droite, une toute petite buvette, en forme de colonne antique, à moitié
dissimulée derrière les arbres.

SCÈNE PREMIÈRE

DANTE, VIRGILE, LES OMBRES HEUREUSES.

LES OMBRES HEUREUSES, *étendues sur le gazon et chantant.*

Air d'*Orphée.* (Gluck.)

Cet asile
Aimable et tranquille
Par le bonheur est habité;
Nous sommes ici sur les bords du Léthé!

DANTE, *tenant derrière son dos deux clubs de Golf.*

Poète des Enfers, Virgile, ombre géante,
Que fais-tu là, sous cet arbre?

VIRGILE.

Je chante.

DANTE.

Sous les feuillages épais,
Je te vois accorder ta lyre...

VIRGILE.

A l'ombre auguste des forêts,
Dante, je veux essayer de redire
La douce chanson de Tityre.

DANTE.

Lève-toi! Viens! Des ombrages trop frais
Crains les effets mélancoliques ;
Le soir tombe, et, je te connais,
Tu prendrais là des... Bucoliques!

VIRGILE.

Un Dieu nous a fait ces loisirs ;
Affranchis à jamais des terrestres désirs,
Nous goûtons le bonheur des élus!

Il regarde autour de lui ; voyant que les Ombres ne peuvent l'entendre, il change de ton.

C' qu'on s'embête!

DANTE, *bâillant.*

C'est la félicité parfaite!

VIRGILE.

Hélas! quoiqu'étant un pur esprit... trop pur,
Je rêve encor, la nuit, à Chloris de Tibur!

DANTE.

Fais comme moi, dompte la bête...
Fais du sport, du Tennis, du Golf et du Polo...
A Puteaux va ramer sur l'eau;
Rien n'est chaste comme un athlète!

VIRGILE, *avec un soupir.*

Ah! la terre, vois-tu, la terre avait du bon!

DANTE.

Pour tuer le temps, quand il semblait long,
On avait toujours quelque bêtise à faire!

VIRGILE.

Député, l'on flanquait à bas le ministère...

DANTE.

Quand on était las de rester garçon,
On se mariait par devant notaire!

VIRGILE.

Et l'on était...

DANTE.

Ce que dit Molière...

VIRGILE.

Oui, mais

> Comme on ne s'en doutait jamais,
> Ne comptons pas cette misère !

DANTE.

Les mardis soirs, on allait aux Français
Ne pas écouter la pièce à succès !

VIRGILE.

On prenait un fauteuil d'orchestre, sans malice,
Et l'on avalait *Frédégonde* : Calice !

DANTE.

Oui, mais bientôt Rostand au public palpitant
Donnait son *Cyrano de Bergerac*. Merveille !

VIRGILE.

Hugo n'était plus qu'un petit Rostand...

DANTE.

Et Paris qu'un petit Marseille !

VIRGILE.

On allait voir le « Nouveau jeu »
Cinq ou six fois...

DANTE.

Et c'était peu.

VIRGILE.

Mais parfois, chatouilleux sur certaines chimères,
On savait être aussi « Vieux jeu » — comme nos pères !

DANTE (M. Galipaux)

OMBRES HEUREUSES (Mlles Hatto et Mazarin)

Air : *Ça vous fait encor quelque chose.*

On dit : Reléguons aux greniers
Les vénérables balivernes :
Français... succès... guerriers... lauriers...
C'est du « vieux jeu, » — soyons modernes !
Mais que, l'œil dans l'œil d'un jury,
Excédé d'un trop long colloque,
Un soldat lance un : « Allons-y ! »
A l'avocat qui le provoque :
Chez le plus sceptique pékin
S'opère une métamorphose...
On a beau faire le malin,
Ça vous fait encor quelque chose !

DANTE.

Pour moi, je rends grâces au ciel
De n'être plus qu'une ombre vaine,
Puisque d'ici l'on a la veine
De ne plus voir la Tour Eiffel !

VIRGILE.

Oh ! la Tour ! De Passy, de Chaillot, de Grenelle,
On la voyait toujours, et partout, toujours elle !

LES OMBRES HEUREUSES *chantant.*

Air de *Martini.*

Plaisir d'amour ne dure qu'un moment,
La Tour Eiffel dure toute la vie !

DANTE.

Air de l'*Expulsion.* (Mac-Nab.)

On n' la déviss'ra donc jamais,
Cette espèc' de cage à girafe ?

De la conserver, j'espérais
Que dix-neuf cents n' f'rait pas la gaffe...
On la garde, parc' qu'il paraît
Que l'Étranger la trouv' réussie;
Alors, je réclame un décret :
F'sons-en hommage à la Russie!

LES OMBRES HEUREUSES, *qui se sont levées, secouant la tête.*

Reprise de l'air de *Martini.*

Plaisir d'amour ne dure qu'un moment,
La Tour Eiffel dure toute la vie!

Elles sortent.

DANTE.

Pour guérir ta mélancolie,
Viens, suivons ce groupe charmant;
Il n'est d'ennui ni de tourment
Qui dans l'amour ne s'oublie!

VIRGILE.

Hélas! l'amour est banni des Enfers!
Les femmes ne sont plus que des ombres de femmes;
Elles n'ont plus de corps, ce sont des âmes!

DANTE.

Tels des brouillards légers qui flottent dans les airs!

VIRGILE.

Leurs formes pures sont une vaine apparence;
Et quand vers elles on s'élance...

DANTE.

On risque à tous moments de passer au travers.

VIRGILE.

Si bien que, pour calmer sa fièvre,
Tout ce qui reste au pauvre amant,
C'est de mettre, hélas! platoniquement,
Une ombre de baiser sur une ombre de lèvre!

DANTE.

Résignons-nous! — Tiens, faisons un golf, sagement.

Il lui tend un club.

VIRGILE.

Faute de pouvoir mieux faire!

DANTE.

Commençons! — A toi, laurifère!

A une Ombre heureuse, qui est assise.

Pardon, mon enfant, vous êtes sur le « pot »!

Il va pour jouer. Un coup de canon, dans le lointain.

Écoute, le canon!

VIRGILE, *tressaillant.*

C'est un drame là-haut!

DANTE.

Quelque bon grabuge, j'espère.

VIRGILE, *au public.*

Quand une ombre de marque entre dans l'Achéron,
Nous venant des rives mortelles,

On signale sa barque en tirant le canon ;
Tel un grand cuirassé passant les Dardanelles !

Deuxième coup de canon.

DANTE.

Deux coups ! — C'est un ministre !

Troisième coup.

VIRGILE.

Hein ! trois ! Est-ce César ?

Quatrième coup.

DANTE.

Quatre coups !

Il pose son club dans un coin.

Mes enfants ! une femme adultère !
Vite, allons recevoir la reine de la terre !

VIRGILE.

Apportez les tapis en peau de jaguar !

DANTE.

Embouchez les buccins !

VIRGILE.

Que le cor leur réponde !

DANTE.

Chantons : Évohé ! tous ensemble, à la ronde !
Car aux Enfers il est écrit :

« Bien qu'on en compte autant que de grains dans les sables,
Pour l'exemple, honorez les épouses coupables ;
   C'est toujours la faute au mari ! »
Hip !

TOUS.

Évohé !

SCÈNE II

Les Mêmes, TROIS PSYCHOLOGUES, HÉLÈNE,
OMPHALE, UNE PRINCESSE, FEMMES ADUL-
TÈRES.

DANTE.

Voici déjà la théorie
Des psychologues de l'Amour ;
Ils vont, l'adultère étant leur partie,
Faire à l'arrivante, au débarqué, leur cour ;
Et la recevoir dans la confrérie...

LES PSYCHOLOGUES.

Air du *Crime du Pecq*. (G. Serpette.)

Nous sommes les chéris des dames,
Trois auteurs charmants et très lus ;
Nous leur dénonçons les abus

Dont ell's souffrent, les pauvres femmes !
Quand ell's ont fini nos romans,
Elles faut'nt, les trois quarts du temps !

PREMIER PSYCHOLOGUE.

Je suis l'auteur de la Loi d' l'homme.

DEUXIÈME PSYCHOLOGUE.

J'ai fait « Cosmopolis ». (Cosmopolis, c'est Rome !)

TROISIÈME PSYCHOLOGUE.

J'ai fait « les Demi-Vierg's » et le « Jardin secret ».

Ensemble, au public.

Paul Hervieu, Prévost, et Bourget.

Coups de canon plus rapprochés.

SCÈNE III

LES MÊMES, DON JUAN *et* ELLE, *toujours en mantelet,
arrivant en barque.*

DANTE.

A la barque !

DON JUAN, *du fond du théâtre.*

Messieurs, j'arrive de la Terre !

TOUS.

Don Juan!

DON JUAN.

Je vous amène une femme adultère!

Il saute de la barque et aide sa compagne à descendre.

TOUS.

Bravo!...

ELLE, *bas, à don Juan.*

Dis donc?... Adultère... pas tout à fait!

DON JUAN, *à Elle, même jeu.*

Laisse! cela fait plus d'effet...

DANTE, *à Elle, s'inclinant.*

Adultère!...

DON JUAN, *à Elle, bas.*

Tu vois comme cela te pose...

VIRGILE, *s'inclinant aussi.*

Madame!...

Galant.

Le jardin s'enrichit d'une rose!

LES PSYCHOLOGUES, *s'avançant.*

Air du *Crime du Pecq.*

Entrez dans le séjour de gloire,
Chère dame aux airs éplorés!...
Vos malheurs, vous nous les direz,

3

Et nous écrirons votre histoire :
Nous en ferons, si vous voulez,
Un joli petit livre à clés.
La sainte, l'ange, et la martyre,
Ce sera vous, est-il besoin de vous le dire ?
Et quand à votre époux, ce s'ra, bien entendu,
Un monstre, un sale individu !

ELLE, *à don Juan.*

Où suis-je ?

DON JUAN.

Au pays des ombres immortelles !

ELLE.

Ce fleuve doré ?...

DON JUAN.

Le Léthé,
Où tu boiras l'oubli, sombre félicité !

DANTE, *au chœur des femmes adultères.*

Et maintenant, à vous, les grandes infidèles
Dont Ève fut le précurseur !
Venez recevoir votre nouvelle sœur.

VIRGILE, *à Elle.*

Après vos auteurs, saluez vos modèles.
Comme groupe, est-ce pas tout à fait fleuri ?

DANTE.

Pas une qui n'ait trompé son mari !

HÉLÈNE.

Je suis, moi, la divine Hélène !

ELLE, *saluant.*

Madame !...

DON JUAN, *bas à Elle.*

Vite, un joli mot de Parisienne !

ELLE, *après avoir réfléchi.*

Voilà !...

A Hélène.

Que pensez-vous, madame, de l'amour ?...

DANTE.

Très bien !

VIRGILE.

Très neuf !

DON JUAN, *à Hélène.*

A votre tour !...

HÉLÈNE.

L'amour ?...

Avec Ménélas,

Elle soupire.

Hélas !
Mais avec Pâris,
Exquis !...

DANTE.

Elle est restée un peu païenne !...

HÉLÈNE.

L'amour, présent des Dieux, l'amour, souverain bien,
C'est le berger charmant qu'un jour Vénus envoie,
Et que l'on suit, pâmée, au rivage troyen!...

DANTE.

Autrement dit, c'est un ménage à Troie.

OMPHALE, *à Hélène.*

Va, pauvre femme, on sait ce que tu vaux :
Ton Pâris n'est qu'un fat débile et minuscule.
Saluez tous : Je fus la maîtresse d'Hercule!

DON JUAN, *à Elle.*

Omphale!

OMPHALE.

J'inspirai ses fabuleux travaux!
Oui, pour moi, pour sa bien-aimée,
Héraclès a vaincu le lion de Némée!
Au jardin d'Hespérus, il prit les pommes d'or!

Baissant les yeux.

Il faisait bien plus fort encor...
Mais sur ce point, je veux me taire,
De peur d'humilier les Messieurs sur la terre!...

UNE PRINCESSE.

Hercule est mort! — C'est un songe que la beauté!
Seul, l'esprit demeure, et seul il me touche.
Mon amoureux fut laid, bien laid en vérité!

Pourtant, on me vit, par un soir d'été,
Mettre un baiser sur la bouche
Du bon poète Alain Chartier!

DANTE, *insinuant.*

Quand le cœur t'en dira...

VIRGILE, *de même.*

Nous sommes du métier!

HÉLÈNE.

C'est ainsi que l'amant qu'on aime
Est le seul, le parfait amant!

LA PRINCESSE.

Mais, que ce soit un cuistre ou le Prince Charmant,
Pour le mari cela revient au même!

HÉLÈNE.

Et, trompé pour Pâris...

LA PRINCESSE.

Et même pour Jeannot...

OMPHALE.

Ou pour l'infatigable Hercule...

VIRGILE.

Comme l'on dit dans Cyrano...

DANTE.

Il est toujours ridicocule!

ELLE.

Et c'est pain bénit!... Les maris, parlons-en!
Les nôtres surtout... ceux du temps présent...

Air : Ah! les enfants! (Victor Roger.)

Nos maris, Mesdam's, ce sont les seuls coupables!
Sans eux, nous serions, je l' jure, irréprochables!
   Ah! les maris!
Et, d'puis Ménélas, et mêm' depuis Adam,
Ils sont responsables de chaque accident!
   Ah! les maris!

Ils nous font la cour lorsque nous somm's jeun's filles;
Ils s' font présenter un soir dans nos familles...
   Ah! les maris!
Ils sort'nt des romanc's, ils nous roucoul'nt « le Lac! »
Mais ils pens'nt tout bas : « La jeun' personn' a l' sac! »
   Ah! les maris!

La demande est faite... Aussitôt, nos pauvr's mères
Vont aux renseign'ments chez tout' sort' de notaires...
   Ah! les maris!
Ils ont des châteaux, des ferm's, que sais-je encor?
Mais l' jour du contrat, ils n'ont plus qu' des min's d'or!
   Ah! les maris!

Le grand soir est v'nu, la jeun' femme est si bête,
Qu'ell' croit qu'un mystère adorable s'aprête;
   Ah! les maris!
Ils vous ouvr'nt si mal les port's de l'inconnu,
Qu'on dit à sa mèr' : « Ah! vrai, si j'avais su! »
   Ah! les maris!

A Monte-Carlo, d'vant les tabl's de roulette,
Si ces Messieurs perd'nt, ils nous en font, un' tête!
   Ah! les maris!

Mais (voyez comm' leur caractère est pointu)
S'ils ont trop la veine, ils accus'nt notr' vertu !
        Ah ! les maris !

Aussitôt l' dessert, ils prenn'nt un' voix sucrée ;
Ils dis'nt : « J' vais passer au cercl' ma p'tit' soirée, »
        Ah ! les maris !
Et quand on proteste, ils dis'nt qu'on les ray'ra,
S'ils manqu'nt plus d' trois jours de suite au baccara...
        Ah ! les maris !

Parfois — pas souvent — ils sort'nt un' théorie :
C'est qu'on a l' devoir de r'peupler la patrie.
        Ah ! les maris !
Et ça tomb' toujours (tant ils sont malfaisants),
Sur les mois d' l'anné' qui sont l' plus amusants...
        Ah ! les maris !

Un mari, pourtant, c'est bien nécessaire ;
Faut qu' les p'tits Français d' l'année aient un père...
        Ah ! les maris !
Et puis, ce n'est qu'en l'état d' mariag' seul'ment
Qu'un' pauvr' p'tit' femm' peut s'offrir un amant...
        Ah ! les maris !

DANTE.

Bien pensé ! Te voilà dans leur troupe acceptée !

VIRGILE, *regardant le groupe des femmes.*

O fleurs ! — Toute la Terre est là représentée !...
    Voici la Grèce à côté des Pampas,
L'Amérique, la France, et même l'Angleterre !

DANTE.

Pardon, la Suisse n'en est pas !

VIRGILE.

C'est vrai!...

DANTE.

Conclusion : Les dames de là-bas...

VIRGILE.

N'ont pas, comme ailleurs, la Suisse légère.

OMPHALE, *à Elle.*

Maintenant, vous voilà chez vous ;
Vous allez vous mettre à votre aise, j'espère ?

Elle lui enlève sa mante. A Hélène.

Vois! un collet de chez Doucet, ma chère !

HÉLÈNE.

Charmant pardessus !

DANTE, *lorgnant les épaules.*

Charmant par dessous !

Grands Dieux !

Il recule.

TOUS.

Quoi ?

DANTE.

Mes enfants, on se fiche de nous !

DON JUAN, *à part.*

Diable !

Il remonte au fond.

DANTE.

Je la retiens... comme adultère!...
Voyez!

Air : *Gazette de Hollande.* (J. Offenbach.)

Elle a toujours son médaillon *(bis),*
Elle a toujours le médaillon
Qui contient le portrait d' sa mère!

CHOEUR GÉNÉRAL.

Elle a toujours le médaillon
Qui contient le portrait d' sa mère!

VIRGILE, *avec horreur.*

Une ingénue!

TOUS.

O sacrilège!

DANTE, *au chœur.*

Bataillon,
Écartez-vous de cette femme!

ELLE, *suppliante, à Virgile.*

Grâce!

VIRGILE, *la repoussant.*

Arrière!

ELLE, *aux Psychologues.*

Messieurs!

LES PSYCHOLOGUES, *se retirant.*

Vade retro!

ELLE, *à Hélène.*

Madame!...

DANTE *et* VIRGILE, *parodiant* la Favorite.

Qu'ell' reste seule...

Battant la mesure.

Un, deux...

TOUS.

Avec son médaillon!

Les Ombres heureuses, les Psychologues et les Femmes adul-
tères remontent vers le fond.

DANTE.

Suffit!

Montrant don Juan.

Voilà pourquoi ce drôle nous dérange!

VIRGILE.

Rentrez vos compliments, immortelle phalange!

HÉLÈNE, *passant devant Elle.*

Adieu donc, églantier par trop lent à neiger!

OMPHALE.

Au Théâtre blanc! C'est en face, mon ange.

UNE PRINCESSE.

Va, retourne au pays où fleurit l'oranger.

HÉLÈNE.

Reviens-en le plus tôt possible...

DANTE.

Mais, orange!

On rit.

TOUS.

Air du *Roi l'a dit.* (Leo Délibes.)

Adieu! bonsoir et bonne chance;
Nous faisons à ton innocence
La révérence! *(bis)*

Tout le monde fait la révérence. — Sortie générale.

SCÈNE IV

ELLE, DON JUAN.

ELLE.

On me blague! c'est toi qui me vaut cet affront!

DON JUAN.

Moi! Pourquoi?

ELLE.

Pourquoi, traître!

Les points sur les *i*, faut-il te les mettre?

Soudain câline.

Pourquoi ne suis-je pas encor... ce qu'elles sont?
Pourtant, tu le sais bien, je ne suis pas sauvage..
Mais toi, pendant ce long voyage,
Tu n'as rien demandé... qu'un baiser sur le front!

DON JUAN.

Hélas!

ELLE.

Monsieur soupire?

Tendrement.

Je te déplais?... voyons, regarde-moi!
N'est-on pas un morceau de roi?
Où trouveras-tu mieux, dis, grand dadais... ou pire?

DON JUAN.

Hélas!

ELLE.

Encor!...

DON JUAN, *à part.*

Dieux! que c'est dur à dire!...

Un temps, puis résolument, comme un homme qui a pris son parti.

Ce ceinturon doré, tiens, sais-tu ce que c'est?

Il se dégrafe et lui tend sa ceinture.

ELLE.

Un ceinturon!

DON JUAN.

... Oui dà... c'est un corset!
Mes cheveux?... ils sont faux. Mon nez? il est en cire...

ELLE.

Assez! j'augure maintenant
Que le reste est à l'avenant!

DON JUAN, *avouant enfin.*

Comme toutes les pauvres ombres
Qui végètent en ces lieux sombres,
Don Juan vieilli, l'aveu m'en est cruel,
Don Juan n'est plus... qu'un intellectuel!

ELLE.

Compliments!

DON JUAN, *avec un grand salut.*

Tu connais ma dernière manière.

ELLE.

Tu sais, j'aimais mieux la première.
Résignée.

Voilà ce qu'on appelle un voyage raté!

DON JUAN, *remettant son chapeau sur sa tête.*

Je ne suis plus qu'une grande mémoïre...

Il se dirige vers la barque.

Mais n'étant plus Don Juan, il me reste la gloire,
L'orgueil éternel de l'avoir été!...

Il s'embarque.

Je suis le Don Juan de Molière,
Qui fis damner tous les jaloux!
Convive du festin de Pierre,
Je suis le Don Juan de Molière.
Sans pâlir, je levai mon verre,
Commandeur, à ton rendez-vous;
Je suis le Don Juan de Molière,
Qui fis damner tous les jaloux.

Je suis le héros légendaire,
L'Amant qui les éclipse tous :
Rimez, Musset et Baudelaire,
Je suis le héros légendaire;
Et les lèvres de la Chimère
Ont saigné sous mes baisers fous...
Je suis le héros légendaire,
L'Amant qui les éclipse tous.

La barque s'éloigne lentement.

Pauvres amoureux de la Terre,
Amants d'aujourd'hui, tristes loups,
Je vous tiens en pitié sincère,
Pauvres amoureux de la Terre!

Mon ombre à la femme est plus chère
Que vos réalités à vous :
Je suis le Don Juan de Molière,
Qui fit cocus tous les jaloux !

La barque disparaît.

S C È N E   V

ELLE, *seule, suivant Don Juan du regard.*

Cher amant, que la brise au fil des eaux limpides
Vous ramène tout droit chez vous... aux Invalides.

Elle redescend.

Allons, c'est dit... Je n'aurai jamais lu,
   Amour, doux amour, dans ton livre !

Résolument.

Je ne veux pas survivre à mon rêve perdu...

Attendrie et levant les yeux.

Jules, cher époux, continue à vivre !
Adieu, je te fais veuf, cette fois, pour de bon.

Elle regarde autour d'elle.

   Oui ; mais comment ? — La pendaison ?
Non, c'est trop laid !

Avisant le fleuve.

Ah ! l'eau... l'eau chantante et jolie,
Qui berça ton dernier sommeil, pâle Ophélie !

Elle monte sur la rive.

Allons ! place, lotus ! écartez-vous, roseaux !
Je vais vous montrer, fleurs des eaux,
Comment pour jamais on pique sa tête :
Bonsoir ! Même aux Enfers, la vie est bête !

Musique.

Prodige ! Le Léthé mugit comme une mer...
L'eau bouillonne, le flot gronde...
Un poisson... deux... trois, sortent de l'onde !

SCÈNE VI

ELLE, TROIS CARPES DU LÉTHÉ, *qui apparaissent
dans les ondes et chantent en nageant.*

LES TROIS CARPES.

Air de l'*Or du Rhin.* (Richard Wagner.)

Heio, io, héi, o... *(bis)*
Valla la la la la la la lei a la héi !

ELLE, *stupéfaite.*

Les poissons du Léthé qui chantent du Wagner !

LES CARPES DU L'ÉTHÉ

(Mlles DU MINIL, CAUX ET TELMAT)

UNE CARPE.

A la femme quand Zeus eut donné la parole,
Elle en abusa de telle façon
Que le Dieu comprit la leçon;
Et pour éviter une seconde école,
Il créa muet le poisson.
Or, tout être, sauf nous, parle, mugit, ou chante :
L'injustice était donc flagrante.
Nous avions, par bonheur, des amis inconnus...
Entre autres, Dumas fils fut choqué de l'abus;
Et nous parlons enfin, depuis monsieur Alphonse.

ELLE.

Ah! je comprends! C'était une petite annonce!

A la carpe qui est sortie de l'eau.

Mais qui donc êtes vous?

LA CARPE.

Un poisson du Léthé...

Une carpe...

ELLE.

Alors, Éolienne?
Puisque vous avez chanté.

LA CARPE.

Pas neuf, tu sais, ton mot!

ELLE.

Bast! qu'à cela ne tienne!

J'en ai d'autres... Sais-tu comment
On appelle, chez nous, un député sortant?

LA CARPE.

Un dégoûté.

ELLE.

Bonne réplique!
Mais alors, pour être logique,
Quel surnom donner aux restants?

LA CARPE.

C'est très simple : Les dégoûtants.
— Mais, dis-moi, mon enfant, tu sembles tout émue?

ELLE.

Oui, je suis triste, — surtout, déçue...

LA CARPE.

Quoi?... des peines de cœur?...

Elle baisse la tête.

Alors, sèche tes yeux!...
Va vers le fleuve radieux
— Car le Léthé, c'est mon royaume —
Boire l'oubli comme un baume.

ELLE.

Soit! — J'essaierai, faute de mieux!

LA CARPE.

Air du *Petit Faust*. (Hervé.)

L'oubli, vois-tu bien, c'est le grand remède :
Il n'est de souffrance, il n'est de fléau
Que l'oubli n'apaise, et qui ne lui cède...

ELLE, *l'interrompant*.

Dis donc, je m'assieds, si c'est un rondeau !...

LA CARPE.

Eh bien, et puis ?

ELLE.

Vas-y, si ça t'amuse...
Mais tu sais, si c'est ça qu'on nomme du nouveau !
A peine si l'on vient de lever le rideau,
Et voilà tes auteurs, avec leur triste muse,
Échoués sur le vieux rondeau...

LA CARPE.

De la Méduse ?...

ELLE, *s'inclinant*.

C'était pour t'amener ce mot.

LA CARPE.

Jugez du peu !
Mais puisque Madame est à ce point nouveau jeu
Que l'antique rondeau lui semble trop « revue »,
Soit ! Au lieu de couplets, je t'offrirai la vue.
C'est tout justement l'heure où les ombres, l'été,

Viennent, comme à Vichy, boire l'eau du Léthé...
Je vais t'en offrir le spectacle!

Montrant la buvette derrière les arbres.

Tu vois, là-bas, ce petit tabernacle?

ELLE.

Oui.

LA CARPE.

C'est la buvette... Au comptoir, jeune beauté;
Sois préposée à la garde des verres.
Chacun donne deux sous chaque fois, ce n'est guères;
Mais je suis calme... Avec ce minois effronté,
Tu feras près des vieux de très bonnes affaires!

ELLE.

Compris! J'y vais.

LA CARPE.

On vient!...

Aux autres carpes.

Retirez-vous, mes sœurs!
Rentrez sous l'abri des vagues légères...
Vous ne les connaissez que trop, tous ces raseurs!...

LES CARPES.

Reprise de l'air de l'Or du Rhin.

Héio héo hio, hei, ô!... *(bis)*
Valla la la la la la hei a ia, hei!

Elles disparaissent dans le fleuve.

SCÈNE VII

LES MÊMES, PREMIER BUVEUR, DEUXIÈME BU-
VEUR, PREMIÈRE DAME, DEUXIÈME DAME,
BUVEURS *et* BUVEUSES, *puis* ESCULAPE.

ELLE.

Qui veut des verres?

LA FOULE.

Moi, moi!

PREMIER BUVEUR.

Moi! Bonjour, mon cher.

DEUXIÈME BUVEUR.

Bonjour.

PREMIER BUVEUR.

Eh bien! comment ça va, depuis hier?

DEUXIÈME BUVEUR.

Oh! bien mieux!... Ce matin, à la promenade,
Je me sentais léger, à marcher sur des œufs!

PREMIÈRE DAME.

Monsieur n'était pas bien malade,
Et son cas se guérit avec un verre ou deux!

PREMIER BUVEUR.

Bonne petite camarade!

PREMIÈRE DAME.

Il venait oublier un service...

ELLE.

Rendu?

DEUXIÈME BUVEUR.

Non, non! un service reçu!

ELLE.

A la bonne heure!

PREMIER BUVEUR, *soupirant.*

Hélas! moi, c'est ma rue
Dont je voudrais, dans l'avenir,
Perdre à jamais le souvenir!...

Sombre.

J'habite avec ma belle-mère!

LA CARPE.

Une bévue!

DEUXIÈME DAME, *arrivant.*

Bonjour, messieurs!

TOUS, *s'inclinant.*

Duchesse!...

ELLE, *à la première Dame.*

    Une vraie?...

PREMIÈRE DAME.

      Oui!

ELLE.

      Grand air!...

PREMIER BUVEUR, *à la Duchesse.*

Et cette cure?

DEUXIÈME DAME.

Oh! moi, je viens ici pour l'air!

    Elle remonte au fond.

PREMIÈRE DAME.

Quelle blague!

PREMIER BUVEUR.

  Ah! ça, pour qui nous prend-elle?

DEUXIÈME BUVEUR.

Née, hélas! Galuchard tout court,
La Duchesse, en secret, boit deux litres par jour...

PREMIÈRE DAME.

Pour tâcher d'oublier son nom de demoiselle.

  On rit.

C'est Esculape qui me l'a dit!

PREMIER BUVEUR.

Quel bavard !

DEUXIÈME BUVEUR.

Le voici justement, ce bon docteur !

PREMIER BUVEUR.

Il cause...

LA CARPE.

Parbleu ! Croyez-vous, par hasard,
Qu'un médecin des eaux soit là pour autre chose ?

PREMIER BUVEUR.

Pardon, il me fait mon billard.

PREMIÈRE DAME.

Il fait valser maman au Casino.

ESCULAPE, *à la première Dame.*

Baronne...

Aux hommes.

Messieurs...

TOUS.

Bonjour, docteur !

ESCULAPE.

Voyons la langue !

Tous tirent la langue.

Bonne !

SCÈNE VIII

Les Mêmes, UN MONSIEUR.

PREMIÈRE DAME.

J'ai bu mon verre, adieu! Moi, je rentre au logis!

DEUXIÈME DAME, *montrant un Monsieur au fond du théâtre.*

Que fait donc ce monsieur? Voyez...

PREMIER BUVEUR.

Mais il est gris!

TOUS.

Quoi donc?

ELLE.

Il se déshabille!

PREMIÈRE DAME.

Ah! je reste!

ELLE, *se détournant.*

C'est une horreur...

DEUXIÈME DAME, *même jeu.*

En voilà de l'aplomb!

4

PREMIÈRE DAME.

Il enlève son pantalon !

TOUS.

Assez ! Assez !

ESCULAPE.

Le geste
Est beau, très beau... quoique immodeste :
C'est un ponte de l'Épatant
Qui, dans l'oubli réconfortant,
S'en vient noyer une culotte !

LE MONSIEUR, *mettant sa culotte au bout de sa canne.*

Elle est de vingt mille !

ESCULAPE.

Prelotte !

PREMIER BUVEUR.

Bigre !

ESCULAPE, *saluant.*

Honneur au tirage malheureux !

LE MONSIEUR.

Pourquoi tous ouvrir de grands yeux ?

Air du *Petit Duc.* (Charles Lecocq.)

C'est un' culotte *(bis)*
Et voilà tout...
C'est un' culotte dont le coût

> Entre dix et vingt mille flotte,
> C'est un' culotte *(bis)*
> Et voilà tout !
> Un plus chèr' qu'un' redingote :
> C'est un' culotte !

Je l'oublie !

Il la lance dans le Léthé.

Adieu ! vogue au hasard !

ESCULAPE, *au premier buveur, pendant que le monsieur sort.*

Et s'il n'a pas réglé demain à midi trente ?

PREMIER BUVEUR.

Dame ! Cela devient une dette...

ESCULAPE.

Flottante !

LA CARPE.

Silence ! Dans un club le ponte est sacré, car...

Même air que précédemment.

> C'est la cagnote *(bis)*,
> Mes p'tits amis,
> Qui vous permet d' convier Paris
> A ces p'tit's fêt's où l'on sirote ;
> Ell' pay' la note *(bis)*
> (J'en connais l' prix)
> Avec les fonds dont on la dote :
> Des fonds... d' culotte !

SCÈNE IX

Les Mèmes, *moins* LE MONSIEUR,
UNE INTÉRESSANTE MALADE, *en chaise à porteurs.*

PREMIER BUVEUR, *à la Carbe.*

Prends garde !

Entrée de l'Intéressante malade que les porteurs amènent sur le devant du théâtre.

Une infirme...

PREMIÈRE DAME.

Arrivée hier.

A Esculape.

Bien malade ?

ESCULAPE.

Hélas !

DEUXIÈME DAME.

Une coxalgie !

ESCULAPE, *secouant la tête.*

Non... Retour de Bayreuth !

ESCULAPE (M. Martelli.)

TOUS.

Aïe ! la Tétralogie !

LA CARPE.

Comme d'autres vont à la mer,
Madame a voulu faire un cycle de Wagner...

PREMIÈRE DAME.

Mais elle est mourante !

LA CARPE.

Qu'importe ?
Si, dans un cercle d'or, sous verre, elle rapporte
(On en vend beaucoup à Munich)
Un poil de la perruque de Van Dyck !..,

ESCULAPE.

Quelle leçon, messieurs !... La pauvre petite
Rentre sourde, hélas ! — Telle, une marmite.
Tenez !...

A la malade, lui criant dans l'oreille.

Quelle heure est-il ?

L'INTÉRESSANTE MALADE, *avec un gracieux sourire.*

Merci... Très mal... Et vous ?

ESCULAPE, *au premier Buveur.*

. Vous voyez...

4.

PREMIER BUVEUR.

Ce que c'est que de nous!

DEUXIÈME DAME, *à Esculape.*

Non, vraiment... c'est Wagner?

ESCULAPE.

On le présume...
Par bonheur, nous faisons passer ça comme un rhume!

Se tournant vers la buvette.

Un verre!

Au public.

Attention, mesdames! Le Léthé
Guérit tous les maux, tous, même la surdité!

PREMIER BUVEUR, *bas à la première Dame,*
pendant que la malade boit.

Alors vous n'aurez plus d'excuse, ô non pareille,
Si vous faites encore à mes vœux sourde oreille!

Il l'embrasse.

L'INTÉRESSANTE MALADE.

O merveille! J'entends...

Elle quitte sa chaise.

ESCULAPE.

Quoi?

Le premier Buveur embrasse encore la première Dame.

L'INTÉRESSANTE MALADE, *se retournant.*

Le bruit d'un baiser.

PREMIER BUVEUR, *à la première Dame.*

Pincés !

Ils remontent.

ESCULAPE, *à la malade.*

Très bien. Alors, on peut causer...

L'INTÉRESSANTE MALADE.

J'écoute.

LA CARPE.

Narrez-nous le sublime voyage :
Bayreuth, les pèlerins, et le pèlerinage.

ESCULAPE.

Les pèlerins d'abord, voulez-vous ?

L'INTÉRESSANTE MALADE.

Le public ?
Panaché... Des fervents, des fumistes...
Même, de temps en temps, par hasard, des artistes.
Bref, tout le monde !... on attend Ménélick.

ESCULAPE.

Parfait... Ce qu'on appelle une petite élite...

L'INTÉRESSANTE MALADE.

Vous imaginez-vous quelquefois un lévite
Montant sur le Thabor ou sur le Sinaï,
Pour contempler Adonaï ?

Tels, mais avec la mine encore plus confite,
Les pèlerins, l'après-midi,
Montent vers le théâtre où Wagner se débite.

LA CARPE.

Et que ce soit Tristan, Brünnhild, ou bien Elsa,
Tout le monde se pâme!

ESCULAPE.

On est venu pour ça.

LA CARPE.

Oui, mais un doute me pénètre...
Le cœur de l'homme est décevant :
Qui sait ce qui passe au fond du plus fervent?

ESCULAPE.

Tout haut on admire...

ELLE.

Et tout bas, peut-être,
On se dit... Oh! bien bas...

PREMIÈRE DAME.

A soi-même, s'entend!

ELLE.

Air d'A. E. I. O. U.

Qu'est c' que j' trouv' très embêtant?

TOUS.

C'est Tristan!

ELLE.

Qu'est-c' qui nous est bien égal ?

TOUS.

Parsifal !

ELLE.

Quoi d' plus rasant qu' Lohengrin ?

TOUS.

L'or du Rhin !

ELLE.

Que r'grett'-ton dans l' fond d' ses cœurs ?

TOUS.

Les Ambassadeurs !

L'INTÉRESSANTE MALADE.

C'est que tous ces gens-là vont à Bayreuth par pose...
Moi...

PREMIÈRE DAME, *bas au premier Buveur.*

Bon ! — Elle la fait à la sincérité.

L'INTÉRESSANTE MALADE.

J'y vais pour retrouver mon flirt, le petit Chose.

Elle baisse les yeux.

LA CARPE *et* ELLE.

Tiens ?

L'INTÉRESSANTE MALADE.

Oui, l'on éteint tout, lorsque la salle est close...

Et, dame, c'est gentil tout plein, l'obscurité...
Quand on s'aime !

LA CARPE.

Et qu'on a deux places à côté ?

L'INTÉRESSANTE MALADE.

Air du *Petit Faust*. (Hervé.)

Chut !... C'est l'ouverture
Pleurant dans la nuit...
La salle est obscure,
Hans Richter conduit !

Un chant doux et sombre :
Les Filles du Rhin...
C'est sa main, dans l'ombre,
Qui cherche ma main !...

L'orchestre farouche
S'enfle à tout briser...
Je sens sur ma bouche
Le vol d'un baiser...

Mais l'ivresse est brève,
O tristes amours !
Quand on sort du rêve,
Hélas ! on est sourds !

ESCULAPE.

Pour confirmer ta cure mirifique,
Tu prendras chaque soir — ton herboriste en a —
Deux grammes de « Cavalleria Rusticana »...
Mais, avant tout, pendant deux mois, pas de musique !

L'INTÉRESSANTE MALADE.

Lâcher ma loge à l'Opéra?... Merci!

ELLE.

Oh! l'Opéra ne compte pas!... Vas-y.

LA CARPE.

Qu'on y chante Sigurd, ou bien qu'on huguenote,
    Les abonnés parlent si haut
    Au fond des loges comme il faut,
    Qu'on n'entend jamais une note!

ELLE.

Air : *Les Salons Parisiens.*

Dans ce Paris qu'on calomnie,
On dit qu'il n'est plus un salon
Où la divine causerie
Prenne son vol de papillon...
Certes, nous n'avons plus Voltaire,
Madame Geoffrin n'est plus là...
Qu'importe? dans notre misère,
Nous gardons encor l'Opéra!

C'est l' dernier salon où l'on cause :
Les bell's Dam's et les beaux Messieurs
Échangent des propos joyeux...
Ce qu'on chante est la moindre chose :
C'est l' dernier salon où l'on cause.

C'est merveilleux comme acoustique :
De loge à loge l'on s'entend;
S'il n'y avait pas du tout d' musique,
Ce serait tout à fait charmant.

> Aussi, de c' paradis terrestre,
> Un abonné dans l' mouvement
> Demand' qu'on expulse l'orchestre...
> On verrait plus tard pour le chant.
>
> C'est l' dernier salon où l'on cause!
> Les bell's Dam's et les beaux Messieurs
> Échangent des propos joyeux...
> Ce qu'on chante est la moindre chose :
> C'est l' dernier salon où l'on cause!

Tout le monde sort sur la reprise du refrain, sauf Elle et La Carpe du Léthé.

SCÈNE X

ELLE, LA CARPE DU LÉTHÉ, *puis* UN AMANT *et* UNE AMANTE.

ELLE.

Ils s'en vont?

A la Carpe.

Eh bien! Et mes profits?

LA CARPE.

Chut! voici deux clients encore...

Entrée des Amants.

L'AMANTE (Mlle Starck)

ELLE.

Et très gentils!

S'avançant vers le couple.

Charmant garçon, belle madame, un verre?

L'AMANT.

Merci... Voilà ma maîtresse Glycère,
Nous boirons tous les deux dans le creux de sa main.

L'AMANTE.

Nous sommes venus par un très doux chemin,
Tapissé de verveine et de menthe sauvage;
La brise agitait sur notre passage
Comme des encensoirs les grappes de jasmin...
Nous sommes venus par un très doux chemin.

L'AMANT.

Au fond du bois, sous la hêtrée,
Ce matin, je t'ai rencontrée
Dans l'herbe cueillant des cyclamens bleus;
Dans l'ombre riait un Faune de pierre;
Et trouant çà et là les feuillages ombreux,
Le soleil d'or pleuvait en gouttes de lumière
Sur l'or vivant de tes cheveux...
Au fond du bois, sous la hêtrée,
Ce matin, je t'ai rencontrée.

L'AMANTE.

Je te voyais de loin venir dans le sentier:

Tu marchais en chantant sous les branches en fête,
Et l'Avril faisait sur ta jeune tête
Neiger les fleurs de l'églantier.

L'AMANT.

O Glycère, tes yeux sont comme des pervenches,
Et chaque source où tu te penches
Se trompe à leur azur et croit mirer du ciel.
Ton souffle a la douceur du miel ;
Et quant à ta bouche vermeille,
O chère, c'est la fleur dont ma bouche est l'abeille...
Ton souffle a la douceur du miel.

L'AMANTE.

Tes serments d'amour, Léandre, ont des ailes
Comme les passagères hirondelles !
A combien d'autres, hélas !
Depuis les premiers lilas,
Dis, à combien d'oreilles roses
N'as-tu pas murmuré ces choses
Que tu me dis, à moi, tout bas ?

L'AMANT.

Puisque j'ai la douceur exquise
De tenir ta main dans ma main ;
Puisqu'aujourd'hui je t'ai conquise,
Ne parlons pas d'hier, pas plus que de demain !
Et puisque c'est la destinée,
Que toute fleur tombe fanée,
Et que tout astre soit pâli,
Cueillons l'amour comme on cueille les roses ;

Et tous deux, souriant à la beauté des choses,
Descendons en chantant vers le fleuve d'oubli.

*Ils sont arrivés, marchant lentement vers le fond du théâtre,
jusqu'à la rive du Léthé.*

L'AMANT.

Air de Fauré. *Au bord de l'eau.*

S'asseoir tous deux près du Léthé qui passe,
Le voir passer.

L'AMANTE.

Tous deux, s'il glisse un nuage en l'espace,
Le voir glisser*.

L'AMANT.

Rêver son rêve, et laisser couler l'heure,
Et s'adorer.

L'AMANTE.

Si toute larme est triste à qui la pleure,
Ne point pleurer.

L'AMANT.

Ne point pleurer! mais chanter, et sourire
A ses amours...

L'AMANTE.

Et si tout passe ici-bas, ne pas dire
Ce mot : toujours!

* Ces quatre vers sont imités presque textuellement de la poésie de
M. Sully Prudhomme intitulée : *Au bord de l'eau.*

L'AMANT.

Comme l'abeille en butinant se pose
Sur le rosier...

ENSEMBLE.

Boire l'amour sur une lèvre rose...
Puis oublier!

Ils s'éloignent.

S C È N E   XI

ELLE, LA CARPE DU LÉTHÉ.

ELLE.

Je comprends... Du rondeau que tu n'as pas chanté,
— Et je t'en remercie encore en vérité —
Voilà donc la morale et la philosophie!...

LA CARPE.

L'oubli!... Le dernier mot de l'amour, de la vie!

Air de Delmet. *Charme d'amour.*

Dans les sentiers, quand vient l'automne,
Les feuilles jonchent les gazons;
Des printanières frondaisons
L'arbre oublieux se découronne...

L'AMANT (M. Dehelly)

Ainsi notre âme un jour s'effeuille,
Au souffle de l'oubli glacé,
Des souvenirs du temps passé :
Nos beaux jours tombent feuille à feuille...

Et comme la feuille jaunie
Jonche les chemins dans les bois,
Ainsi les choses d'autrefois
Jonchent la route de la vie...

Plaisir ou peine, tout s'oublie !

ELLE.

Eh bien, soit ! oublions...

Elle prend un verre.

Poisson, à ta santé !
Le peu que j'ai vécu, je l'oublie, ô Léthé !
Comme sur une ardoise encore presque noire,
Je passe le chiffon sur ma pauvre mémoire...
J'efface d'abord de mon cœur flétri
Don Juan, ce pauvre homme...

Elle porte le verre à ses lèvres.

Et ce gueux, mon mari !...

Avec amertume.

Mon veuf !...

Elle pose le verre.

LA CARPE.

Eh bien ?

ELLE.

Non, quand je pense
Que cet homme est veuf, et de moi !

LA CARPE, *à part.*

Veinard!
Il ne mérite pas sa chance.

ELLE.

Avant de l'oublier à jamais, le pendard,
Je serais curieuse — un caprice, ma chère! —
De savoir ce qu'il fait en ce moment sur terre.

LA CARPE.

C'est facile.

ELLE.

Comment?

LA CARPE.

Évoque ton époux!

ELLE.

Quoi? du spiritisme, chez vous?...

LA CARPE.

Pourquoi pas?

*L'orchestre joue en sourdine le motif des « tables tournantes »
du premier tableau. Avec intention.*

Nous jouons à la table tournante,
Nous aussi!... C'est une mode charmante...
Et puisque vous avez la manie, à Paris,
D'évoquer à chaque instant les esprits,
Eh bien! les esprits vous rendent la pareille.
Nos tables, à nous, tournent à merveille;

Et nos dames font — c'est une fureur —
Tous les jours causer monsieur Mesureur !

ELLE, *très excitée.*

Un guéridon !... Je vais embêter Jules.

Elle sort.

S C È N E   XII

LA CARPE DU LÉTHÉ, *seule.*

LA CARPE.

Bonne chance !

Le jour baisse. Douces lueurs crépusculaires.

Voici l'heure des crépuscules...
La paix avec le soir descend sur le Léthé,
Les hommes sont partis... Donc, plus de vanité,
De bêtise, de ridicules :
La rive, le soir, est aux libellules.
Aussi, sans peur des coups, pour une fois quittez,
Humbles animaux, vos retraites austères ;
Et venez tous, pauvres déshérités,
Venez à ma voix, dans les flots enchantés,
A l'insu des hommes sévères,
Boire l'oubli de vos misères !

Air de l'*Arche de Noé*. (Jules Costé.)

Pauvres animaux, baigneurs lamentables,
Sortez des basses-cours, des bauges, des étables;
Et pendant que vos maîtres sont couchés,
Venez boire! A vous, maintenant! approchez!...

Entrée des animaux; les deux autres carpes reparaissent à la surface du fleuve.

SCÈNE XIII

LA CARPE, LE CHEVAL DE FIACRE, LE BOEUF, LE COCHON ET AUTRES ANIMAUX DOMESTIQUES; LES CARPES DU LÉTHÉ, *au fond du théâtre, dans le fleuve.*

LA CARPE, *au Cheval de fiacre.*

Avance le premier, ô martyr, et viens boire,
    Toi qui t'en vas, sans savoir où,
    Cahin-cahin, les guides sur le cou,
Par la grêle, le vent, la pluie ou la nuit noire;
    En route, buttant sur chaque caillou,
    Au repos, arqué sur chaque genou;
    Avance le premier, viens boire,
    Toi qui n'as jamais de pourboire,

Quoiqu'étant — ceci dit sans le fâcher —
Bien plus poli que ton cocher !

Au Bœuf.

Mais toi, qui sembles paître au pays de Cocagne,
Dis, de quoi te plains-tu, pléthorique animal ?
Je devine, c'est le moral !
As-tu perdu ta vache compagne ?
Pleures-tu quelque veau d'avenir ? Es-tu veuf ?

LE BOEUF, *avec amertume.*

Je ne fus ni mari, ni père : Je suis bœuf.

LA CARPE, *compatissante.*

Pauvre !

LE BOEUF.

Le sort est dur, la fortune caduque !
Enfant, j'étais un veau très réussi.
Ah ! si mes parents me voyaient ainsi !
Leur fils unique, hélas, devenu fils eunuque !

LA CARPE.

Résigne-toi, viens boire aussi...
Viens...

Au cochon.

Pour lui, je croyais son bonheur sans mélange...
D'où vient donc aujourd'hui que ton museau pâli
Se tende assoiffé vers l'oubli,
— Conception, en somme, assez triste, — cher ange ?

5.

As-tu, sur ton heureuse fange,
Vu passer avec des frissons
Des fantômes de saucissons?
Quel noir souci t'allonge ainsi la hure?

LE COCHON.

Ce que je voudrais laver dans l'eau pure,
C'est la persistante injure
Que ces sales humains me font
En osant m'appeler cochon!

Il passe.

LA CARPE.

Mot très profond!

Elle remonte vers le Léthé et rentre dans le fleuve entre les deux Carpes.

Comme le lapin craint la gibelotte,
Comme le lièvre le civet,
Comme le canard le navet,
Nous-mêmes nous craignons, hélas! la matelotte;
Et l'on voit blémir nos écailles d'or,
Dès qu'on dit devant nous ces mots: « A la Chambord! »

LE BOEUF.

Humbles animaux, tous tant que nous sommes,
Souffrons-nous assez par ces méchants hommes?

LE COCHON.

Heureusement les femmes sont là
Pour leur faire un peu payer tout cela.

On entend des voix, légèrement avinées, qui chantent dans le lointain.

LA CARPE.

Chut ! des pochards... Battons, mes frères, en retraite...
    Soyons prudents... Retirez-vous...
Regagnez la tiédeur des étables.

Aux Carpes.

Et nous,
Mes sœurs, repiquons notre tête :
Est-il, pour une carpe honnête,
A cette heure asile plus doux
Que les nageoires d'un époux ?

*Sortie des animaux. Les carpes disparaissent sous l'onde.
La nuit est venue.*

SCÈNE XIV

VIRGILE, OMPHALE, *puis* DANTE, HÉLÈNE.

VOIX DE VIRGILE, *chantant, plus rapprochée.*
Avec Mars sur le mont Taygète...

VOIX D'OMPHALE.
Cypris allait cueillir la violette...

VIRGILE *entre, il est couronné de roses et tient une lanterne.*

Où sommes-nous?

OMPHALE, *le suivant.*

Allons toujours...

VIRGILE.

Je n'y vois rien... Mais l'ombre est propice aux amours.

Il se retourne et lui prend la taille.

OMPHALE, *se défendant.*

Bas les pattes!

A part.

Il est rond comme une futaille...

VIRGILE, *insistant.*

Puisque mà main n'est qu'une ombre de main...

OMPHALE.

Qu'elle lâche donc mon ombre de taille!...

VIRGILE, *soudain, avec stupéfaction.*

Ah!

OMPHALE.

Quoi?

VIRGILE.

Viens, je t'en prie, au milieu du chemin,

Il l'éclaire avec sa lanterne.

VIRGILE ET OMPHALE

(M. Noblet et Mlle Médal)

Que je contemple ton corsage :
Jusqu'alors, j'admirais dans ce doux paysage,
        Qu'Éros a fait ultra-montain,
Deux collines de neige, ou, si tu veux, d'albâtre...

OMPHALE.

Eh bien?

VIRGILE.

C'est épatant! Maintenant, j'en vois quatre!
                Il éclate de rire.
J'y vois double! Et pourtant, je... je ne suis pas gris!

OMPHALE.

Au contraire... Mais où sont les amis?

VIRGILE, *appelant.*

Dante!

OMPHALE.

Hélène!

VIRGILE, *au public.*

On a bien dîné chez Proserpine,
Tout de même!

Entrée de Dante et d'Hélène, comme les précédents, mais c'est Hélène qui précède Dante et qui tient la lanterne.

OMPHALE.

Allons donc!

VIRGILE, *à Hélène.*

Arrive donc, lambine!

DANTE.

Après dîner, je marche posément...

HÉLÈNE.

Dieux ! qu'il fait bon... Restons dans cette ombre, un moment...

VIRGILE.

Parfait. Installons-nous sous l'épaisse ramée.

Il s'assied. A Omphale.

Tiens, je digère avec délices, mon aimée...

DANTE, *qui s'est assis de son côté.*

Je me sens béat, autant qu'on peut l'être.

VIRGILE.

Il manque pourtant à ce doux bien-être,
Comme un imperceptible condiment.

DANTE, *avec un sourire épanoui.*

Qui serait de voir un peu souffrir les autres !

HÉLÈNE.

Ils sont charmants, ces deux apôtres !

VIRGILE.

Je pense, en ce point, comme lui.
Il est, dans le malheur d'autrui,
Un je ne sais quoi, quelque chose
Qui remèt de la joie au cœur le plus morose.

OMPHALE.

Ils sont abominables !

DANTE, *nonchalamment.*

Non... dis : raffinés !

A Virgile.

Tiens, Virgile, ouvre-nous les portes du Tartare :
Voyons souffrir quelques damnés !

A Hélène et Omphale.

Vous, cependant, vous nous jouerez de la cithare.

HÉLÈNE.

Je le répète, ils sont charmants.

VIRGILE, *au public.*

Oui, notre enfer est plus méchant que l'on ne pense !
Vous n'avez jusqu'ici vu que la récompense :
Vous allez voir les châtiments.

Grondements de tonnerre souterrains ; la scène s'éclaire d'un jeu rouge.

OMPHALE, *à Hélène.*

Ils vont nous montrer des choses effroyables !

HÉLÈNE.

J'y compte bien.

VIRGILE, *frappant sur un tam-tam.*

Un premier lot de grands coupables.

SCÈNE XV

LES MÊMES, DANSEURS *et* DANSEUSES, *entrant
sur l'air du Pas de quatre.*

OMPHALE.

Tiens, leur entrée est plutôt gaie.

HÉLÈNE.

Ils ont,
Vos damnés, l'air de danser au rond !

LES DANSEURS ET LES DANSEUSES.

Chœur dansé sur l'air du Pas de Quatre.

Dansons *(ter)* le pas de quatre
Et tâchons de prendre gaiement
Le châtiment *(bis)*
Cela vaut mieux que d' se laisser abattre,
Et d' se fair' de la bile et du tourment !

DANTE.

Voilà la terreur des familles,
Les conducteurs de cotillons...
Ils sévirent dans les salons,
Et même à Puteaux, dans les Iles :

Valses, polkas, lanciers, bostons,
Ils enseignaient tout à nos filles...
Voilà là terreur des familles,
Les conducteurs de cotillons!

VIRGILE, *aux Danseurs.*

Allez, malheureux, dansez des quadrilles
Pendant toute l'éternité!

Sortie des Danseurs.

SCÈNE XVI

LES MÊMES, LES RASEURS.

DANTE.

Un autre fléau de l'humanité.

Coup de tam-tam. Entrée des Raseurs.

VIRGILE.

Ce sont les raseurs sans vergogne,
Raseurs de clubs et de salons.
En vain, on s'écriait : « Fuyons! »
Dès qu'on apercevait leur trogne :
Vous agrippant par vos boutons,

Ils vous servaient des récits longs,
Aussi longs que cous de cigogne.
Ce sont les raseurs sans vergogne,
Raseurs de clubs et de salons!

LES RASEURS.

Air du *Papa de Francine*. (Varney.)

Nous somm's les Raseurs notoires,
  Qu'on fuit comm' le choléra; *(bis)*
Nous avons des petit's histoires,
Que tout l' monde connaît déjà. *(bis)*
Nous chuchotons en confidence,
Les secrets que sait tout Paris;
Nous dissertons six mois d'avance
  Sur le gagnant du Grand Prix!

*Ils sortent de leur poche un rasoir qu'ils repassent
sur un cuir pendant le refrain.*

Nous avons la main douce :
  Sans mousse,
Et même sans savons,
Partout, au club, en ville,
  Voire à domicile,
C'est nous qui vous rasons...
  A la course, à l'heure,
  Et par tous les temps,
De façon supérieure
Nous rasons les gens, les gens, les gens.

Nous avons des récits d' chasses,
Et de fantastiqu's tableaux... *(bis)*
Trois mill' lièvres, douz' cents bécasses,
Et soixant' quinz' mill' perdreaux... *(bis)*

Notre public ordinaire,
Mesdames et Messieurs, c'est vous :
Mais si nous n'avons rien à faire,
Nous nous rasons entre nous. *(bis)*

*Refrain sifflé; chaque raseur attache son cuir au dos de son
voisin et repasse son rasoir tout en sifflant.*

VIRGILE, *aux Raseurs.*

Allez, et rasez-vous pendant l'éternité!...

Sortie des Raseurs. Coup de Tam-Tam.

SCÈNE XVII

LES MÊMES, UNE FÉMINISTE, *puis* UN MONSIEUR
dans la salle.

OMPHALE.

Une femme?... On punit les femmes?...

HÉLÈNE.

Ça, c'est raide!

DANTE.

Oh! vous allez voir... Sans sévérité...

Au public.

Madame est de la ligue...

OMPHALE.

Ah!... De Déroulède?

VIRGILE.

Mais non... De l'autre ligue, tu sais bien ?

DANTE.

Les Droits de la Femme...

LA FÉMINISTE, *avec aigreur*.

Oui, nous n'avons rien...

DANTE, *protestant*.

Comment, rien ? La beauté...

La Féministe hausse les épaules.

VIRGILE.

Vous êtes nos amantes...

DANTE.

Nos rimes vers vous montent, mendiantes...

VIRGILE.

Et vous avez — ce qui comblerait tous mes vœux —
Le droit de teindre en rouge vos cheveux...

LA FÉMINISTE, *insistant*.

Non, la Femme n'a rien...

Amère.

Ah! si, pardon... les hommes ?

Ce n'est pas suffisant. Non!... Nous voulons,
Ingres, jouer de tous tes violons :
Médecins, députés, avocats ? — Nous en sommes!

VIRGILE.

Ah! non!... pour avocats, je m'insurge!... Tout beau!

Il prend ses tablettes.

Écoute ce huitain que je t'offre au passage...

Il écrit.

Femme, capricieux oiseau
Dont Éros a fait le plumage,
Tu t'indignes de ton servage :
L'homme est l'oiseleur, le bourreau!
Mais qu'illogique est le ramage
Que chante ton petit cerveau!...
C'est quand tu te plains de la cage,
Que tu veux encore un barreau...

Serrant ses tablettes.

Vous avez compris?

DANTE.

Non... je cherche...

UN MONSIEUR, *dans la salle.*

J'ai compris, moi!

Il applaudit.

Bravo, très fin!

Se tournant à demi vers le public.

Le « barreau »! L'affaire Chauvin...

DANTE.

Aïe !

OMPHALE, *au Monsieur.*

Merci, Monsieur, de nous tendre la perche...

LE MONSIEUR.

D'ailleurs, depuis le commencement,
Tout ce qu'on dit dans la pièce est charmant...
Je me gondole... Je me tords... Je me régale !...

VIRGILE, *à Dante.*

Dis donc ? C'est toi qui l'a mis dans la salle ?

DANTE.

Eh bien ! pas du tout...

Désignant le Monsieur.

C'est un châtiment !

Air du *Serpent de Sarah.* (Xanroff.)

C'était un Membr' de l'Épatant,
Qu'était jamais, jamais content !
Quand il venait prendre ses r'pas,
Il faisait des mass's d'embarras :
Le poisson n'était jamais frais,
Et le café toujours mauvais...
C'était un membr' de l'Épatant,
Qu'était jamais, jamais content !

HÉLÈNE.

Allant au-devant d' ses désirs,
On inventa les M'nus plaisirs.

Mais·lui, trouvait l' plaisir menu
Parc' que l' beau sexe était exclu...
C'était un membr' de l'Épatant,
Qu'était jamais, jamais content!

LA FÉMINISTE.

Alors, pour égayer son cœur,
On invita sa femm', sa sœur;
Mais, forcé d' leur donner sa chaise,
Il s' plaignit d' n'être plus à son aise!
C'était un membr' de l'Épatant,
Qu'était jamais, jamais content!

OMPHALE.

Les pièces qu'on représentait,
Quand c'était pas lui qui les f'sait,
Il disait qu' c'était immoral,
Et f'sait un boucan infernal!
C'était un membr' de l'Épatant,
Qu'était jamais, jamais content!

VIRGILE.

Notez qu'il menait c' train d' sultan
Pour trois cent soixant' francs par an!
Pour un peu moins d' vingt sous par jour,
Il avait tout... hormis l'amour!
Pourtant ce membr' de l'Épatant
N'était jamais, jamais content!

DANTE.

Voilà pourquoi son âme infortunée,
Désormais, à trouver tout bien est condamnée!

VIRGILE.

Prodige! Cet ours se change en mouton!...

Si l'on ferme pendant deux jours le grand salon
   Pour y répéter la pseudo-revue,
Il transporte à l'instant son bridge dans la rue
   En criant : « Delchet, vous avez raison! »

DANTE.

Et les soirs de gala, quand de dextre à senestre
Les dames, en bouquet de vivantes couleurs,
Font à notre Théâtre un parterre de fleurs,
Pour tenir moins de place...

VIRGILE.

      Il se met dans l'orchestre.

Le Monsieur applaudit.

DANTE, *à Virgile.*

Enfin, ça c'est un comble! Il applaudit tes mots!

VIRGILE.

Et les tiens, qu'on a vus traîner dans les journaux!

DANTE.

Bref! il a l'air payé!... Qu'on le mette à la porte!

LA FÉMINISTE.

Ah! pardon! Avant qu'il ne sorte,
J'aimerais assez chanter mes couplets!

DANTE.

Pour qu'il les bisse? chante-les.

LA FÉMINISTE, *à Hélène.*

Il me restait donc à dire, chère amie,

Que, pour affirmer nos revendications,
Aux prochaines élections,
Je me présente à l'Académie!

HÉLÈNE.

Compliments!

LA FÉMIMISTE.

Pourquoi pas? Je le dis sans orgueil,
J'ai de quoi remplir un fauteuil!...

VIRGILE.

Et même deux, s'il t'en prend fantaisie!

OMPHALE.

Si tu nous racontais tes visites?...

LA FÉMINISTE.

Hélas!

Elle soupire.

Si vous saviez!...

Elle se cache la figure dans ses mains.

HÉLÈNE.

Quoi donc?

LA FÉMINISTE.

Je n'ose pas!...

Air du *Pompier de Gonesse.*

Dans un grand automobile
Que moi-même je conduis,
Je vais sans me fair' de bile
Aux quatre coins de Paris.

Pour commencer, ventre à terre
Je file, sans relayer,
Chez l' perpétuel secrétaire,
Chez monsieur Gaston Boissier.

Me r'çoit d'un' façon charmante,
Me prend l' menton d'un air fin,
M'appelle sa douce Infante...
Mais n' me promet rien de rien.

Je r'prends mon automobile,
Et je vais d'un pas égal
Chez Vogué, chez d'Haussonville,
Paul Bourget, Albert Vandal,

Me reçoiv'nt d'une façon charmante,
Et me dis'nt d'un ton très doux :
« Nous vous trouvons délirante,
Mais ne comptez pas sur nous !

« Sur une élite de femmes
S'il fallait fixer nos choix,
Nous donnerions tous aux dames
De notre Cercle nos voix. »

Je r'prends mon automobile,
Mon véhicul' favori,
Et sans plus tarder je file
Chez monsieur Pierre Loti !

Me r'çoit d'une façon charmante,
Me donne des noms d'oiseau,
Et me dit « Certes, je m' vante
D'être du dernier bateau !

« Mais je suis l'amant fidèle ;
Mon cœur toujours éperdu
Garde une amour éternelle
A la petit' Rarahu ! »

Je repars, moteur en tête,
J' vais chez Chose et chez Machin...
Et l'automobil' m'arrête
Chez Legouvé, le doyen.

Me r'çoit d'un' façon charmante,
L'œil vif et le ton câlin,
Longuement me complimente,
Me caresse un peu la main !

Et... je suis très intriguée
De ce qui s' passa depuis !
Je m' sentais très fatiguée...
Je m' souviens que j' m'endormis !

Et qu'à mon réveil, ô rage !
Le bon vieux m' dit, pas confus :
« Vous vous êt's trompé' d'étage,
Le doyen demeure au-d'ssus... »

Le plus triste de l'affaire,
C'est un aveu que j' vous dois :
Les visit's qui rest'nt à faire
Sont reculé's d' quelques mois !...

DANTE, sévère.

A votre chaise longue !

OMPHALE.

A perpétuité ?

VIRGILE, *à Omphale.*

Rassure-toi!... seulement pour l'été!

Sortie de la Féministe.

SCÈNE XVIII

LES MÊMES, ELLE, *portant une petite table et suivie de la foule des Ombres heureuses, des Femmes adultères, des Psychologues, etc.*

ELLE.

A la faveur des heures noires,
Au magasin des accessoires,
J'ai dérobé ce guéridon...

OMPHALE, *à Virgile.*

Est-ce encore une criminelle?

HÉLÈNE.

J'ai déjà vu ce médaillon.

TOUS, *la reconnaissant.*

L'ingénue!

ELLE.

Allons-y...

Elle pose la table sur le devant de la scène.

DANTE.

C'est elle...

ELLE.

Je m'installe... Évoquons l'esprit de mon mari.

DANTE.

Inutile... tu perds ta peine...

VIRGILE.

Les maris n'ont jamais d'esprit!

A Hélène.

N'est-ce pas, ô divine Hélène?

ELLE.

Je voudrais tant savoir comment
Jules prend son veuvage imprévu!...

DANTE, *paternel.*

Sois tranquille :

Tous les veufs sont gais...

VIRGILE, *appuyant.*

Naturellement.

ELLE, *vivement.*

Pas lui! Je le connais : c'est un imbécile...

Air : *Que deviens-tu?* (Château.)

Où donc es-tu? Que deviens-tu?
Comment tromp's-tu l'ennui des heures?
Pour m'oublier, si tu me pleures,
Bois-tu des eaux d' vie supérieures?

6.

Où donc es tu ? Que deviens-tu ?
Es tu bien malheureux ? As-tu
De mouchoirs mouillé ta douzaine ?
Song's-tu déjà, pauvre âme en peine,
A fair' le plongeon dans la Seine ?
Que deviens-tu ? Dis, m'en veux-tu ?
M'en veux-tu bien d'être volage,
Et d' t'avoir fait beaucoup d' chagrin ?
Vas-tu me détester demain,
Ou — c' qui s'rait bigrement humain —
Ne m'en aim'ras-tu qu' davantage ?

Où donc es-tu ? Que deviens-tu ?
Es-tu parti pour la province ?
Es-tu d' service auprès du Prince ?
Pour lequel ta famille en pince ?
Essay'-tu d'oublier ? As-tu,
Après la crise violente,
Cinglé vers la rive odorante,
Où fleurit le Trente-et-Quarante ?
Où donc es-tu ? Que deviens-tu ?
J' te souhait', car je n' suis pas méchante,
D'êtr' très heureux, s'il y a moyen !
Mais comm' je n' suis pas femm' pour rien,
Si j' savais qu' tu t'embêtes bien,
Au fond, vois-tu, j' s'rais très contente !

DANTE.

Eh bien ! puisque tu veux savoir,
On va contenter ton caprice...
  Qu'on apporte — car ce soir
L'atmosphère semble propice, —
Le télescope des Enfers !

On apporte une grande lunette montée sur pied.

ELLE.

Merveille! On se croirait place de la Bastille...

VIRGILE.

Viens, applique ton œil sur l'énorme lentille.

Une sphère apparaît dans l'espace.

DANTE, *étendant la main.*

Ce globe que tu vois paraître dans les airs...

ELLE.

C'est la Lune?

DANTE.

Eh bien! non, ma fille, c'est la Terre!

VIRGILE.

Regarde!

DANTE.

Anne, ma sœur, ne vois-tu rien venir?

ELLE, *l'œil au télescope.*

Je vois le disque étrangement jaunir.

La chambre nuptiale apparaît soudain dans la rondeur de la sphère terrestre. L'Époux en déshabillé dort sur un fauteuil.

Ah! mon mari!

Entrée de Rose dans l'apparition.

Rose? Que viens-tu faire?

L'Époux s'éveille et sourit; il prend Rose par la taille.

ELLE.

Misérables !

L'Époux et Rose s'embrassent.

TOUS.

Assez !...

Disparition de la chambre nuptiale. La Terre seule reste visible.

ELLE, *quittant le télescope, furieuse.*

Ça y est !... Je suis... coca !

Elle s'élance, comme pour se précipiter sur les coupables disparus.

Attendez-moi. J'arrive, me voilà !

Et d'un bond affolé, elle passe au travers de la Terre.

CHOEUR GÉNÉRAL.

Air de *Faust,* finale du 2ᵉ acte. (Gounod.)

O terreur, ô colère,
Elle a fait un trou dans la Terre !...
Le trou que dans la Lune on a vu, l'an dernier,
Faire par Z***, le financier !

On entend rire Phœbé derrière le décor. La Terre, le Lèthé et tous les personnages disparaissent soudain comme une vision de songe. Obscurité complète. Changement à vue.

TROISIÈME TABLEAU

Même décor qu'au premier tableau. Elle et Rose, de chaque côté de la petite table, sont encore endormies. Par la baie ouverte, on voit le jour poindre derrière les arbres. On aperçoit Phœbé, comme précédemment, au-dessus des feuillages.

SCÈNE PREMIÈRE

PHOEBÉ, *au dehors*, ELLE *et* ROSE, *endormies.*

PHOEBÉ.

Air du *Sphinx*. (Fragerolle.)

Voici l'heure aux tons d'opale ;
L'aube pâle,
L'aube au sourire d'azur,
A montré ses dents de perle ;
Et le merle
S'éveille en son nid obscur.

Elle paraît sur le seuil.

Un murmure est dans les branches;
Les pervenches
Boivent la rosée en pleurs;
La nue est déjà vermeille,
Et l'abeille
Sonne le réveil des fleurs.

Elle descend en scène.

Le matin en brouillards flotte sur les vallées;
Ainsi qu'un noir rideau très lent,
La Nuit se lève, en s'en allant,
Sur le vert décor des allées.
Les fleurs, dans le gazon, s'ouvrent immaculées...
Et comme des oiseaux farouches et charmants,
Dans le mystère obscur des firmaments
Les étoiles d'or se sont envolées.
— Allons, pauvre Phœbé, voilà ton tour...
Il va falloir plier bagage
Devant sa majesté le jour.
Je m'amusais bien... c'est dommage!
Je m'en vais regagner mon palais ennuyeux,
Tout là-haut, dans le bout du bi du bout des cieux.

Elle s'arrête devant les deux femmes endormies.

Eh bien! L'on dort toujours, mes petites amies?
Allez-vous, belles endormies,
Faire ici le tour du cadran?

Mots incohérents des dormeuses.

ROSE, *rêvant, langoureuse.*

Ah!

ELLE, *rêvant aussi, mais très agitée.*

Que vois-je?...

ROSE, *rêvant.*

Don Juan!

ELLE, *même jeu.*

Misérables!... assez!

Elle pousse un cri.

Ah! je tombe!

Elle se réveille.

Est-ce bête?
Je rêvais... Dans les airs, je piquais une tête...
Pourquoi donc?... Attendez... Ah! oui, je me souviens...

ROSE, *rêvant.*

Jules!

ELLE, *qui l'entend.*

Quel nom viens-je d'entendre?

Elle se lève.

ROSE, *rêvant toujours.*

Monsieur va voir comme je suis tendre!

ELLE, *furieuse.*

C'était donc vrai?...

Elle secoue Rose.

Tiens, fille indigne, tiens!...

ROSE *s'éveille en sursaut et proteste.*

Non... c'est insupportable !
On ne réveille pas les gens
Au milieu d'un songe agréable !

ELLE.

Ah ! tu rêvais ?... Bien... Tous mes compliments...
Et de quoi ?

ROSE.

Non... là... vrai... Je ne peux pas le dire...

ELLE, *à part.*

Toi, ce qu'on va te mettre à la porte demain !

Regardant vers la chambre nuptiale.

Suis-je jalouse ? Je m'admire !

Elle va s'asseoir sur le canapé.

ROSE.

Ah ! çà ! mais nous avons dormi jusqu'au matin ?

Elle va vers la fenêtre.

Le jour !...

A part.

Et ce pompier si loyal, mon cousin,
Qui, depuis hier soir, m'attend dans la cuisine !...

Elle sort sur la pointe des pieds.

SCÈNE II

LES MÊMES, *moins* ROSE.

PHOEBÉ, *derrière le canapé.*

Eh bien, rebelle?... Eh bien, mutine?...
Es-tu contente de ta nuit?

ELLE.

Qui me parle?

PHOEBÉ.

Phœbé... C'est moi qui, vers minuit,
Te voyant désœuvrée, hélas! et solitaire,
T'envoyai ce petit cauchemar salutaire...

ELLE.

Quel rêve! J'en ai vu, des choses!... Le Léthé...

*A ce moment l'orchestre reprend en sourdine les principaux
motifs du tableau précédent.*

Don Juan... les poissons...

PHOEBÉ.

Fantômes! Vanité!...
Le vent frais du matin vient d'emporter tes songes;

Moi-même, quand le coq aura chanté,
Je vais m'évanouir avec tous les mensonges
De cette claire nuit d'été !
Tirons-en, veux-tu ? la moralité...
Je t'épargnerai les maximes.
Donc, tu reviens — en songe — des abîmes...
Tu vis là-bas plus d'une horreur :
Mais va, rassure-toi... l'homme n'est pas meilleur.
Comme au fond du gouffre où le flot déferle
Le pêcheur d'Ormuz va chercher la perle,
Visiteuse du noir séjour,
Qui sait ? peut-être aussi dans ton âme incertaine,
Des sombres profondeurs de la bêtise humaine,
Rapportes-tu cette perle : l'Amour !
Car enfin, c'est charmant de rêver aventure,
D'offrir à Don Juan son cœur incompris.
Mais il n'est pas défendu, je te jure,
Aux femmes d'aimer leurs maris !...
Cela se fait... même à Paris !...
Allons... dans le secret de l'aube encore obscure,
Rappelle-toi, compare... interroge ton cœur !...

ELLE, *regardant vers la chambre nuptiale,
après un temps, avec un sourire.*

C'est qu'il n'est pas si mal que ça... ce gros farceur !...

Air de *C'est Jules.* (Gaston Bérardi.)

Qui port' sa jumell' avec grâce
Aux courses d'Auteuil ?
Qu'est-c' qui met sans fair' la grimace
Son carreau dans l'œil ?

Qui fait blanchir ses manchettes
A Londr', dans Picadilly...
Et pourrait prendr' des alouettes
Avec son soulier verni ?
Vous pensez p't'-être au grand Brummel,
Au comt' d'Orsay, voire à Martell ?...
Eh bien, c' n'est pas tout ça :
C' n'est pas un boyard, c' n'est pas un pacha !
Et vous vous dit's tout bas :
Quel est c' merle blanc ? Quel est c' Monsieur-là ?
N' cherchez pas !
C' n'est aucun d' vous,
Vous en êt's tous jaloux :
Cet homm'-là, c'est mon époux,
C'est Jules !

Vous vous dit's : Il faut qu' je l' fréquente,
Il est trop gentil ;
Ce s'rait une relation charmante ;
De quel cercle est-il ?...
Est-il d'un club littéraire,
Ou bien d'un cercle de sport ?
Est-il membr' des « Pomm's de terre ? »
Est-ce au « Yacht » qu'il fait son mort ?
Grands Dieux ! s'rait-il du « Jockey-Club ? »
Ou bien de « l'Automobil'-club ? »
Eh bien, il n'en est pas :
On ouvre les annuair's, mais on n' l'y trouv' pas,
Et l'on se dit tout bas :
Où fréquent'-il donc ?... Où va cet homm'-là ?
N' cherchez pas, vous n' trouv'rez pas !
J' vais vous l' dire à l'instant :
— Il est membr' de l' « Épatant ! »
— C'est Jules !...

PHOEBÉ.

Parfait!... Le dénouement, alors...

Au public.

Il n'est pas long!...

Elle prend un petit plateau et le présente à la jeune femme.

Prends ce plateau d'argent... Je t'intrigue, peut-être?...
Maintenant, tu permets?...

Phœbé détache le médaillon.

ELLE.

Comment! mon médaillon?

PHOEBÉ, *qui a mis le médaillon sur le plateau, montre
la chambre nuptiale.*

Rends-toi, porte les clefs de la place à ton maître...

ELLE, *au moment d'entrer.*

A discrétion...?

PHOEBÉ, *la poussant légèrement.*

Et célérité!...

La jeune femme entre dans la chambre.

SCÈNE III

PHOEBE, *seule.*

Il était temps! Le jour vient de paraître...

Chant du coq au dehors.

Grands Dieux! Sauvons-nous... Le coq a chanté!

Elle sort. Rideau.

COUPLET FINAL

Le spectacle terminé, Mlle Mily Meyer, entourée de tous les personnages,
a chanté au Public le couplet suivant :

Air de *C'est Jules.*

Vous d'mandez quell's plumes alertes
Rimèr'nt ces couplets?
Qu'est-c' qui sait en dir' de plus vertes
Qu'au Théâtr' Français?

Qu'est-c' qui fait dire aux familles
Après la représentation :
« Nous n'amèn'rons plus nos filles
Au théâtr' du Mirliton ! »
— Pour le style on pense à Loti,
Pour la musique à Bérardi...
Eh bien ! non, c' n'est pas ça...
Moi, Mily Meyer, je n' le sais mêm' pas !...
Et Delchet s' dit tout bas :
« Quels sont les coupabl's de cett' machin'-là ? »
N' cherchez pas, car ce n'est pas
Bertier ni Jollivet...
C' n'est pas non plus Rivollet...
— C'est Jules !

Achevé d'imprimer

le vingt-sept septembre mil huit cent quatre-vingt-dix-huit

PAR

ALPHONSE LEMERRE

6, RUE DES BERGERS, 6

A PARIS